蜀　籁　诗

灵魂密码

瘦西鸿　著

四川文艺出版社

图书在版编目（CIP）数据

灵魂密码 / 瘦西鸿著. —成都：四川文艺出版社，
2017. 4（2020.2重印）

（蜀籁诗丛）

ISBN 978-7-5411-4614-5

Ⅰ.①灵… Ⅱ.①瘦… Ⅲ.①诗集－中国－当代
Ⅳ.①I227

中国版本图书馆CIP数据核字（2017）第058407号

LINGHUNMIMA
灵魂密码

瘦西鸿 著

责任编辑　金炀淏　余　岚
封面设计　叶　茂
内文设计　史小燕
责任校对　蓝　海

出版发行　四川文艺出版社（成都市槐树街2号）
网　　址　www.scwys.com
电　　话　028-86259287（发行部）　028-86259303（编辑部）
传　　真　028-86259306

邮购地址　成都市槐树街2号四川文艺出版社邮购部　610031
印　　刷　三河市华东印刷有限公司
成品尺寸　142mm×210mm　开　本　32开
印　　张　5.5　　　字　数　110千
版　　次　2017年4月第一版　印　次　2020年2月第二次印刷
书　　号　ISBN 978-7-5411-4614-5
定　　价　28.00元

蜀籁诗丛

目录

上卷 一个词咽回她的读音

花　冠 ……003

落雪记 ……004

白蝴蝶 ……005

猫　戏 ……006

一粒受伤的音符 ……007

一个词从人间走过 ……008

直到目光渐老 ……009

翻　阅 ……010

文字的尖叫 ……011

回　音 ……012

溶　点 ……013

听　箫 ……014

阳光照在一张白纸上 ……015

文字飞舞 ……016

一个词咽回她的读音 ……017

018 ······ 插　页

019 ······ 纸上亲人

020 ······ 亲爱的我

021 ······ 送你一首诗

022 ······ 拆字游戏

023 ······ 一群词在霾里造句

024 ······ 小于诗

025 ······ 春天里

026 ······ 鸟　鸣

027 ······ 身体的废墟

028 ······ 小　令

029 ······ 一株抽搐的树

030 ······ 尘世记

031 ······ 背　影

032 ······ 好　雨

033 ······ 戏　子

034 ······ 郁金香

035 ······ 画蝇记

037 ······ 敲钟人

039 ······ 读画记

040 ······ 鸟　巢

041 ······ 秋雨书

043 ······ 秋　夜

山鹤传 ······ 044

旷野树 ······ 045

受奖辞 ······ 046

中卷　一盏灯埋头清一次嗓子

偿　还 ······ 051

遥　望 ······ 052

独　坐 ······ 053

坏　人 ······ 054

雕　塑 ······ 055

小　调 ······ 056

月亮药片 ······ 057

瓷　罐 ······ 058

返　回 ······ 059

月光欠条 ······ 060

瞬　间 ······ 061

旷野里的一匹马 ······ 062

植物记 ······ 064

末日与重生 ······ 065

岁末的河流 ······ 066

一盏灯埋头清一次嗓子 ······ 067

068 ······ 湖　光

069 ······ 波　浪

070 ······ 醉　饮

071 ······ 重　逢

072 ······ 夕　光

073 ······ 时光抽屉

074 ······ 一匹老马

075 ······ 眼角的寒冰

076 ······ 窄轨上奔跑着小火车

077 ······ 山　岚

078 ······ 另一个他

079 ······ 卵　石

080 ······ 神会为我合上双眼

081 ······ 夜　饮

082 ······ 浑　浊

083 ······ 路　人

084 ······ 刺

085 ······ 一个假设的人

087 ······ 一些美好的事物正在经过

下卷 一根丝在岁月里念经

秋雨下的检讨书 …… 091

眼睛里的动物园 …… 094

我的祖国 …… 096

海 殇 …… 099

写在云朵上的情诗 …… 105

丝 经 …… 114

秋 歌 …… 119

秋 雨 …… 126

嘉陵江 …… 135

蜀 籁 …… 149

文字编码与灵魂密码（代后记）…… 159

上卷　一个词咽回她的读音

花　冠

一只蝴蝶　在花上
叫着自己的名字

她对着花瓣叫　对着花蕊叫
对着花唇含着的露水叫
对着花冠上游走的光阴叫

仿若一个出走的少女
多年后回家　对着紧闭的门扉叫

她每叫一次
花冠就抖一次　花唇就咬一次
晶莹的露珠就落一次
花瓣越卷越紧的心
就再紧一次

2015.09.15

落雪记

雪落了一上午　仿佛不是整个天空
在落　宇宙在落
而是我的视野在落　体温
在落

坐在家里　前窗在落后院
在落　外面全部在落
仿佛全世界在落　我的眼皮
在落

我慢慢燃着香烟　烟灰
在落　仿佛指甲在落
天空只剩下这些雪　我只剩下这些
灰烬

雪落了一上午　仿佛我身上的骨肉在落
梦里的血液在落　梦外的白马
拉着的一车时间
在落

2013.11.29

白蝴蝶

不得不说出沉闷　不得不
看到消亡　不得不忍受
寂寥

眼前一亮　一只白蝴蝶
飞进我的身体

不得不闭上眼睛　不得不
忍住泪水　不得不长久
晕眩

满眼黑暗　一只白蝴蝶
染上我体内的黑

不得不挨过时间　不得不
放弃空间　不得不抓紧
自己

举目放眼　一只白蝴蝶
把我飞得到处都是

2013.04.30

猫　戏

它把自己放在阳光下
伸出爪子　剥开风
剥出一粒影子　跟它玩

毛发被风梳理　柔顺如目光
沿着阳光　在线团上流淌
它用爪子将那些线　一丝丝
放在阳光里　又觉得不对
又换一些阳光　重新放一次

如此又换掉一些时光
但它始终保持同样的坐姿
仿佛一根线　被无限拉长
穿过了那些时间和空间

2012.08.25

一粒受伤的音符

这个先天得了绝症的孩子
被迫在一群孩子中奔跑
跑得比好孩子还好

其实他不知道只有自己受伤了
其实他不知道别的孩子也在跑
其实他不知道自己跑得好不好

这个先天得了绝症的孩子
仍然在一群孩子中奔跑
跑得比好孩子还好

其实他不知道很多耳朵受伤了
其实他不知道很多神情受伤了
其实他不知道很多身份受伤了

这个先天得了绝症的孩子
故意在一群孩子中奔跑
跑得比好孩子还好

2012.12.25

一个词从人间走过

先穿过心房　再从眼睛里爬上来
此刻　人间盛传末日的预言
一个词趴在眼眶边　像一只胆小的老鼠

人群熙熙攘攘　尘世风雨大作
一束光牵引人们　在自己的命运里摸索
一个词　像被风鼓起的偌大行囊

它装着一个时代深深的叹息
比内涵含蓄　比外延外向
蛰居人们咬紧的牙关　一直在抖
偶尔又滑向唇边　绽开梦呓之花

一个词从人间走过　浑身沾满警觉的目光
和舌尖诟病的潮汐　它孤单的背影
在人们喉结的深巷里　越陷越深
发出锥子一般锋利的足音

2012.12.22

直到目光渐老

有一个字　一直黑着面孔沉溺
在夜里　我希望读到它

划亮一根火柴　被风吹灭
再划亮一根火柴　又被黑打湿

我反复划着火柴　去点那根蜡烛
蜡烛在反复的燃烧中越来越短

但我一直没能看清　那个字
在黑白交替的夜里　陷得很深

很多年过去　直到目光渐老
我依然没有看清那个字

2013.02.20

翻　阅

在记忆中　一页一页翻阅既往的时光
我的手指被迅即打湿
那些月色　老鼠一般的微风
那些灰白的铭文　蛇一般独行

以及从幽长的通道　牵出的回声
有石阶上陈旧的脚印　和余温

我的手指磨破了　划过那些石级
曾经真实的抚摸正在风化
正在被风　化为惊诧和战栗

站在岁月的岸边　我用黑色的倒影
去铆住流水　淙淙回旋的流水
它巨大的回响　舔遍我周身的脉络

2013.02.22

文字的尖叫

我无法融于夜色
脑中始终亮着一盏灯

尘埃安眠于一丛露水
我在血泊中恣肆狂奔

人们习惯在生计中早起
我则安于陷进睡眠深处

有人在纸上读到一颗文字的尖叫
我在纸的背后　举着它的坠落

2013.02.25

回　音

当我的手掌盛着海水
一粒粒迷路的涛声　爬满掌纹
但它们辨不清事业　爱情和生命的脉络
犹豫的潮汐　反复拍打体温的海岸线

正如在浩渺的水粒中
无法辨清往事的面容
我如一只贝壳　藏着内心的秘密
在无尽的咆哮中　一朵朵爬过浪尖的轻啼

茫茫人海里　常常找不到自己
只任足音拍打　礁石般的身躯
我也只能在内心　收集着那一粒粒回音

2012.05.19

溶　点

在夜里　我默念着既往的岁月
缓慢伸出的手　仅仅触抚到自己
如浑水中摸到一条鱼

我梳理着一寸寸血脉　漫过时光的浪花
遍布激流　又在暗中淤塞
我延展着一根根皱纹　人群中的笑靥
抚平创伤　又面临塌陷

我总是如此地坚守着自己
在时间的暗流里　独善其身
尽力咬住自己的溶点

是的　我真的担心一张嘴
就溶入了无边的黑暗

2012.05.27

听　箫

在箫管里　我是那一群奔跑的气息
是穿过黑夜的那一阵呜咽

或是一盏灯　将他的往事照亮
或如一位陌生的过客　拉了他的手
拉出一生的惊悸和仓皇

还会是一滴雨　带走云的消散
剩下碧空　空旋的气体回到他鼻孔

悠长的箫管　是一条幽深的巷子
他在这头　我在那头
中间隔着他无尽而绵长的想象

但最终　我会是一片紧抿的嘴唇
被他封缄在眉头深处

2012.09.02

阳光照在一张白纸上

当所有的黑夜一起醒来
洗净这一片清晨

浑浊的尘世疾疾地转身
朝着朦胧的背影磕头

一张白纸　　只剩下这些白
宛如一双眼睛　　只剩下盼望

倾斜的大地　　被这张白纸镇住
太阳像歇在路边的乞讨者

一粒粒的光　　从白纸上爬出来
像赶路的蚂蚁　　头顶晶莹的汗水

我俯视着这张白纸　　目光开始发痒
一颗一颗的文字　　在尖叫着生长

2012.12.22

文字飞舞

眼前尘埃般扑腾的
是醒来的甲骨　被刻痛的呻吟

一粒粒古旧久远　粗朴简陋
有时像晶莹的磷火　有时像燃烧的血滴

像磷火的时候　身体陨落
文字是上好的木柴　上面停着一只蝴蝶

像血滴的时候　眼睛涨潮
文字是孤独的舟楫　押送骨髓里的痒

这一朵朵盛开或凋零的文字
在目光里缓缓上升　如花飞舞

2013.09.07

一个词咽回她的读音

穿过人群　她来到我跟前
面颊上那抹羞怯　抹也抹不去
众人都忽略了她轻颤着秘密的美

轻轻哼着单薄的读音　她穿过下午
从雾气里跑过来　还未及张口
就陡然亮在我眼前

把酒　饮着夜色与人群的喧嚣
我们手中的杯子　也如两张唇
含着共同沉醉的往事

夜在逼近　一个词将回到她的梦境
在她独自的夜色里
继续营造她孤单的句子

透过雾中的泪光　我独立桥头
看着一个词的背影
嗫嗫嚅嚅　咽回了她自己的读音

2013.12.08

插　页

一张纸　在一本厚厚的书里
形而上的相似
无法猜测的　是它内里的孤寂

阅读突然被卡住
一张纸既不诠释　也不补充
它只是让一个人的阅读　停下来

它只是让一个人转身
再去回望　曾经种在纸上的目光
那里有不可遏制的　匆忙

2014.02.12

纸上亲人

我写一个字　这个字我不认识
我再写一个字　做她的邻居
两个字先是腼腆　继而热恋
我再写一个字　去做她们的孩子

我无心再写下去
偌大一张洁白安静的纸
就住着这么三个字

时隔多年　当我重新发现这张纸
看见上面竟然密密麻麻住满了字
其中有许多字　我都是认得的

2014.03.11

亲爱的我

亲爱的我　我在纸上种你
在秋雨下望你　那尘世中孤单的背影

我替你一直活着　疲惫和无奈都不是你的
你坐在纸上　梦想比秋雨更干净浑圆

我想换一次你我　让你来到人世
承受这莫须有的荣誉　无端的猜忌

亲爱的我　在纸上你还是一个端庄的字
而在秋雨中　你会是更加明亮的雨滴

2013.05.16

送你一首诗

我送你一张白纸
并附在你耳边　说出一些秘密

此后你便像一支笔
在尘世行走　寻找最浓的墨汁

白天　我看见你在读这张白纸
读得面红心跳　满怀欣喜

而在夜里　我又看见你在读
读得伤心欲绝　满脸泪滴

2014.08.09

拆字游戏

我把一首诗　拆成一颗颗汉字
拆成陶器里的微光　木仓中的谷粒
在起承中转合　让平藏入仄
语气从意境的草地上　升起一阵岚烟

在夜里　我翻遍往事的细节
擦净所有汉字的面孔
让少许的暗斑成为一个连词
去贯穿散落在时间以外的助词

夜是一粒一粒的黑　在血脉里奔流
我抱紧自己的怀　不让虚空的微光
洞穿环绕一生虚妄的抱

我又将一颗颗汉字　复原为一首诗
暮色时分　它像一盏风中的烛火
照亮我血脉通道里　那些时隐时现
平平仄仄　从来不曾安宁的忐忑

2013.03.09

一群词在霾里造句

他们碰一下手　仿佛碰出内心的露珠
悸动着坠落　加重了下午的霾

楼前台阶上　他们反复变化位置
组合成新鲜的句子　给大地默诵

一群词从远处赶来　帽子上的微尘相互致意
光芒搭上光芒　撑高了被霾压低的天空

从熟谙的句子里走出来　换一个语境
一群词仿佛走出了自己

面孔被面孔遮掩　心跳被心跳放逐
一群词故意在阴霾中暴露自己

他们在广场上组词　造句
尝试不同的拼写方法　又反复擦去自己

一颗颗孤单挤在一起　喧闹着沉默
天地朦胧一片　渐渐盖过了他们窜动的身影

2013.12.03

023

小于诗

诗是一朵名媛　爱是一种文体
他捻着胡须就着酒　月光下
薄得像一张飘飞的白纸
胸怀大于天下　而命却小于星辰
小于诗

2015.04.03

春天里

晨光中　一个人把背影越走越细
当他略低于青草　满地的绿浮上来
掩盖了他细碎的脚步声

鸟鸣耸起一座山峰　当众多的鸟鸣合拢
坐在深涧里　我要用一只笛子
才能吹出春天的小径

而另一只鸟　把黎明啄开一个小孔
一个人把梦束好　慢慢睁开眼睛
眼中飞出的鸟站在窗口　春天的悬崖很高
它回头望着还在酣睡的人　迟迟不肯飞走

春天里的寂寞　是所有的花都开了
从没有一朵顾及我的感受
或愿意和我一样

2015.03.22

鸟　鸣

入夜　窗外的暮色淹没着尘世
一片绿荫下的鸟鸣　如此锋利
将我的孤单　啄得满地痉挛

晨间作别的江流　在卵石的花纹间
向神靠近　清泉寺的钟声
绕过漫长的一天　回到腥黑的锈迹中去

我一粒粒剥落浮生的过失　鲜嫩多汁
滚落脚边　散发出心跳般的气息
眼帘被灯光挑亮　如风穿过厅堂

木椅的年轮里　尚有未及念完的经卷
宛如骨缝中的刺痛　隐约从夜色里浮起
一片落叶　在水泊中反复搓洗月光

从窗沿潜入的鸟鸣　像盗贼般的闪电
掏空我的身躯　侧卧在体温的旋涡中
我珍藏于髓间的禅定　竟有了私奔的欲念

2013.07.03

身体的废墟

那渐走渐远的背影　恍如你挖掘时光
掏出的一条隧道　吞噬着我的一切

独自坐在冬日的阳光里　我周身的温度
正在粒粒剥落　直奔你而去

整个下午如此空落　就连眼前的文字
也一颗颗从纸上逃走　剩下一抹惨白

每时每刻　都有一个背影走远
每时每刻　都有一个我离我而去

独守这个世界　我用泪水废弃的皮囊
慢慢包裹自己　被不断风化的肉身

2013.12.03

小 令

风尘中　枯枝般的手被桃花染红
翅丛间透出半张脸颊的　不是蜜蜂
而是像它嗡嗡声　一样哭泣的女子

沿着平平的语气　仄进腰身的晨岗
随捣衣声再次揉碎怀间
那褪色的念头

望远　望望不尽的远
画框中的小引　是褐土中的蚯蚓
渐渐抬至虚无的头颈

摘下一滴鸟鸣　别上发髻
她顺手把蝴蝶的蜜汁
涂抹在了悸动的眼里

2013.03.09

一株抽搐的树

原野里　我从树上摘下一片树叶
仿佛从贫穷之家　抱走了一个孩子

树在秋风中颤抖　把腰弯进命里
无数的叶片　扑簌簌地哭

领着树叶回家　秋风吹着我的白发
天将黑尽　一阵猛过一阵的雨敲打脊梁

我奉出这些爱　但她死于空旷的寂寞
连同我一无是处　撒手万物的悲悯

我将她葬回原野　在树下呆呆默立
整棵树都在抽搐　仿佛我埋了全部的自己

2015.07.03

尘世记

面对尘世　我背转身去
树木褪掉年轮　花朵脱下香气
辽阔暮色中　天堂是蓝色的
一辆火车没有跨过河流
它的影子掉进水里　泛起泡沫

炉火继续喂养水蒸气
漫天大雪　落满灰白的头颅
血液在天地间走动
孤单的孩子　找不到体温

果实悬在树枝上　洗礼的人
在献诗中把手弄皱
那一池旋涡　淹没多少年华
又荡漾了数不尽的　拥抱和触摸

我拖着影子　继续尘世的行走
背着一条蜿蜒的小路　路上尘烟四起
水声咆哮　我只是路过人间
干干净净　珍爱着这受伤的肉身

2014.08.13

背　影

就这样看着自己　一点点离开
越走越远　把自己走空
走成一段落满灰尘的路碑

就这样让眼泪悬成陨石
空间死在脸上　时间
是一根即将绷断的丝线

断了就散了　一个越走越远的背影
像一封寄出的信

直到自己躬身成一只空邮筒
直到多年以后　远方查无此人

2013.08.23

好　雨

一场雨　像一个好女子
嘟着乌云的嘴唇　扑棱着闪电的目光
把静夜的孤独　落得满地泥泞

急促的鼻息　吹开窗外的玉兰花
她透明的呻吟比雨珠明亮
滚动着　在草地上自己抱紧自己

举目无亲的咳嗽　击破雨珠的浑圆
她绵软的身影　流得满地都是
满地都是　一个好女子暗中泛滥的渴念

2013.08.23

戏　子

当他明白身体只是道具　锣鼓正响
内心的小鬼伸出无形的手　舞台上
木偶反复唱着同一段对白

假牙铮亮　如情节中的锋刃
沿灯光泻下的时间　死在脚踝
他飞起一脚　踢开战栗的影子

被故事养活　总在冲突中冲浪
张开的嘴　被台词掏空
他倒悬在舞台　像一挂旧戏袍

看客散尽　他独自坐在舞台中央
像贴在幕布上的灰尘
声音走了　光线走了
唯独他自己　一直没回来

2014.08.11

郁金香

足够的忧郁　如火如荼
如无法触碰的两张唇　足以抵达
金子的纯度　抵达柏拉图式的爱情

那些黄　凝聚了整个秋天的落英
那些软　又像一位少妇
在月下拣拾霜粒弯下的腰身

当嘴唇幻为一樽玻璃酒杯
深夜出走的少女　仅有的衣衫
少于她月下粉红的羞怯　那份颤动
少于夜岚灌醉的一大片人群

座座山峰坍塌　块块湖泊干涸
一茎倔强的郁金香　撑住低斜的天空
那袭黄金的暗香在夜里浮上来
像独坐空寂大地的长者
脸上布满星光般寂寞的暗斑

2013.08.29

画蝇记

一只苍蝇趴在玻璃上　偷窥我
阳光给它的翅影镶上花边儿
从屋子里望出去　它几乎是透明的

而我待在阴暗的屋子里　内心也是阴暗的
我想画下一只苍蝇的明亮　隔着玻璃
先画下它清晰的轮廓　画下那抹阳光
再画它清澈的眼睛　一片幽深的纯黑

又一只苍蝇歇在玻璃上　我画下它
再一只苍蝇歇在玻璃上　我画下它
一群苍蝇歇在玻璃上　我已画下一群苍蝇

现在玻璃上歇满了苍蝇
而在玻璃的背面　我也画满了苍蝇
苍蝇们像在照镜子　隔着玻璃一动不动
仿佛一个人在水面上　打量自己的影子

突然一只苍蝇飞走了　所有的苍蝇飞走了
我画下的那些苍蝇　也飞走了

剩下我一个人的影子　独自涂在玻璃上

黑压压一片

2013.08.23

敲钟人

把钟敲醒的人　转身又陷入了
木檐下更深的睡眠　高耸的银杏树
用一枚枚金币　赎走了静虚的秋光

目光空于走廊的寺童　误把一朵阳光
认作蝴蝶　他慢慢捉过去的手
只捉到一把暗影

经书在木橱里　自己默诵自己
一粒粒灰尘　被细微的声音诱过来
身不由己地扑上去

堂前叩拜的人　为许下的誓愿
献上额前的皱纹　躬起的身子
是一张皱巴巴的功德

清油灯长明　舔走敲钟人脸上的春色
而他袖着的手　仍然牢牢抱住
一串比念珠更圆润的秘密

木鱼稳坐堂前　口中的声音
踮起脚尖　悄悄跟随那位女子
径直走到山下去了

2013.08.03

读画记

一滴墨沉默着　悬坠星际

山水兀自暗度时日　喧嚣已逝

声音涌入眼睛　如展开一张微黄的徽宣

夕阳尖叫　一滴墨应声而落

山水被打湿　那一盏孤灯似的背影

在暮色里　划出一道浅浅的回音

这线条比视线疏朗　在明月中折断

那一道深深的沟壑

装满脑中　盈盈而出的啁啾

此时的画家如一只鸟　身披月色

在徽宣上起伏　一滴墨将纸灼出一个洞

他躬行潜行　身后回旋着渺茫如雾的水声

2013.08.22

鸟　巢

几茎枯枝在雪中生长　天空被飞空了
鸟的影子似雪　无声地落入零度以下

悬在空中的巨大鸟巢　张开寒风的翅膀
一排排飞成落日般的句号

天地在混沌中合拢　鸟在飞翔里失踪
挂在树枝间的　是时间的荒冢

寂静曼延如闪电　从林子里刺过
鸟巢微微颤动　盛满温暖的子弹

被击中的一只小鸟　探出它的头
嫩绿的茸毛　复活了整个林子

2013.08.19

秋雨书

一场秋雨拍打红叶　清洗过的天光
忽而黯淡忽而明亮　声音也忽远忽近
远时像梦中出现的亲人
近时像突兀而至的陌生者

一场秋雨赶了多远的路　才把早年
我一声叹息哈出的气体凝结
聚成化不开的怜惜　空运到我眼前

但那时的我已远去　背着的那些重负
早已抛弃了我　如今是另一个我
像它拖在身后的阴影　时有时无

一场秋雨　引来我的前世
我剖开雨滴　看见一个脆弱的我
孤零零　无助地望着苍老的我
我只好奉上两滴泪珠　再把它包裹起来

一场秋雨正是这样的神
穿越时光　让无数在岁月中死去的我

借它的身体　再度活下来

2013.08.21

秋　夜

一片叶子动身了　背负整个秋天
大地比熟睡的梦境更空旷
零乱的脚印　像涣散的鼾声
一片叶子飘浮在滚涌的血脉之上

另一片叶子的静谧　是整个天空的蓝
搁置在时光最顶端的抽屉上
里边藏着的鸟鸣　偶尔啄一下钟声
另一片叶子在待嫁的妆帘中　渐渐红润

此刻瓷器盛着烈酒　红唇疏于交谈
细雨笼住虫子的低吟
两双手在午夜摸索　彼此交换体温
又落叶般　领回各自的孤单

一个人动身了　另一个人原地滞留
他们搅动着时光的藤蔓　像一根疼痛的闪电
一些向上　迎纳纷至沓来沸腾的夜色
一些抽搐着　滴落血管中沉默的浆汁

2013.09.03

山鹤传

一声锋利的长唳　惊飞满山落叶
树枝伸长颈子　啜饮流云
满山的静谧　水雾般弥漫

双翅抖开天空　尘世的喧嚣掩埋人群
翅影漏下的日光　擦亮眼睛里的阴郁

驮着一座山飞翔　如此轻盈
鹤把山顶的白塔　收进痉挛的爪缝
塔内的钟声惊出一阵冷汗

腾翔时光之上　鹤内心的虚无幻为翻滚的白云
被孤单的闪电击中　目光的雨滴遍洒凡尘

沿着闪电的轨迹　鹤终将飞进自己的翅膀
片片羽毛积满白雪　积满天地间
一阵阵拂过人心的寒风

鹤是无法抵达的神　睁着日月的双眼
无奈地打量　尘世间落叶般生息的人群

2013.09.12

旷野树

当最后几片树叶　鸟一般飞走
旷野里的树　像一个手无寸铁的人
连羞耻都捂不住了

寒风运送的刀子　磨亮绝望的锈迹
霜白一般　从早晨的雾霾堆到暮色的雾霾
唯有那些根须在泥土里摸索　像一个人用指甲
狠狠掐着自己　反复证明是不是还活着

寒夜拉了拉衾被　这棵光着身子的树
始终不敢入睡　始终担心会被死亡强暴

直到早上　它用一块冰捂热枯瘦的身体
才慢慢在浓雾中　蹑手蹑脚地
抖落埋藏了一个冬天的锈迹

2013.11.03

受奖辞

毫无疑问　我现在真实地站在这里
向曾经来过的人致敬　向你们致敬

我代表我的身世和传说　回忆与梦想
来接近你们　但你们都回去了
因此我致敬的只是你们的肉体
其实我们的肉体是一样的　因此我的致敬
已毫无意义　就像自己为自己默哀

我一直都在虚度光阴　怠慢激情
借用一些文字　把一张张白纸弄脏
却无意获取了这样的荣誉
仿佛一枚月亮被乌云遮蔽　才有了光晕

现在我在这光晕中昏厥　自以为是
尽量显得和你们不一样　你们这样接受我
实际是你们推举另一个自己　站在自己面前
心甘情愿　接受伪装和愚弄的真相

毫无疑问　我即将离开你们

请为我鼓掌　为我们寂寞的人生赏赐一些声响

2013.12.27

中卷 一盏灯埋头清一次嗓子

偿　还

我坐在这里
什么也不欠

我就坐在这里
像典当行
落满灰尘的一件古董

时间　只有时间将我牢牢捂住

2015.07.23

遥　望

漆黑的夜里　他凝神伫望
这一架神秘的天线　用他的电波
探测到另一个人

他们暗中的交流　不为人知
但夜的漆黑已然退去
仿佛他们　是孤独两端的插头

2015.11.01

独　坐

就这样坐着　让时间自己去跑
让往事回来　当我是陌生人
自己也当自己陌生人　不再嘘寒问暖

像一块石头　矗立在山顶
什么都可以矮下去
唯有内心的温度　一点一点漫上来

2015.06.11

坏　人

面色红润　　四肢健全
在时光中奔走　　有好看的光影
脸颊上还洇出一层细密的汗渍

在夜里做梦　　笑出声来
醒后又紧搂着自己　　哭出泪来

清晨出门　　月夜归家
他只是不小心　　被一把刀子刺伤
留在身上的疤痕　　谁都看不见

2015.09.14

雕　塑

和稀泥的人
体温与淤泥混为一谈

春天跑过的小美人　鲜嫩多汁
他腾不开手　多余的想法
泥鳅一般滑过

比照乌云的样子　他为自己塑像
秘密的心思　真像是一朵乌云
俯瞰他
跪在自己面前

2015.07.19

小　调

一首小调　要怎样哼
才能使自己不现原形

当脸被憋得通红　一个人做了坏事
常常比好人更像好人

他哼呀哼　仿佛自己没做坏事
仿佛他一直是个轻松的人

2015.5.12

月亮药片

我常常在夜里　独自吞食这枚药片
而我的慢性病总是无法治愈

当我闻到月亮的气味　我已失明
月光浸进我的身体　我变得透明起来

这剂古代的良药　如今不治乡愁
如今它照耀流浪的灵魂

2016.01.18

瓷　罐

如今再无法从空着的瓷罐　获取水声
获取当夜月色暧昧的呻吟
雪花落在瓷罐的睫毛上
体温顺着水的波纹　茸毛般柔软

蝉鸣在屋顶漫步　一片碎瓦从往事里落下
砸中瓷罐的耳朵　流言弥漫
水一般流进身体的裂缝

独自以泪洗面　像琥珀里的虫子
瓷罐以往事浴身　透明的身体像昙花
开向内心　把香气溢出罐壁之外

像被庞大的蜂群遗弃的蜂巢
独自在月光下　溢出满怀忧伤
谁也无法从她空着的眼睛里
获取泪水　获取一望无际的苍茫

2013.08.29

返 回

听见一路前行的光　骨折的声音
落在地上　像一堆厚厚的雪

埋着我的体温　而目光挂上冬天的枯枝
被一只孤鸟　啄得七零八落

走丢的路独自蜷缩着　不知去处
我像箭悬在时间的弓上　不知射往何处

一根根收回走丢的来路　我浑身的血管
像被谁在收网　越拉越紧

2013.06.15

月光欠条

满地霜迹　是月光打给黑夜的欠条
在白天　它的白输给漫天雪花
而在夜里　它的冷又输给了河面的薄冰

沿着漫长的枝丫　一盏盏铃铛轻鸣
月光仿佛是被一只鸟用尖喙绣上去的
它忽闪着伸个懒腰　径直逃往黎明

而更高处　几只乌鸦拉出黑色的链条
月光遗下的绣花鞋　尚有余温
沿一棵香樟树的尖顶逃窜

作为负债者　我已拿不出清白示人
沿着茫茫无涯的月色　一路狂奔
用自己的足迹　复印出新鲜的欠条

2014.03.12

瞬　间

我拉着瞬间这根藤　整个时间都在动
瞬间竟然这么重
装满蓝天和白云　大海和浪花

瞬间被我牵着　像个乖巧的孩子
听话地随我四处走动
却突然又调皮起来　四处乱跑
把我的手攥得生痛

我快拉不住瞬间了
这个孩子　仿佛长大了
仿佛不是我拉着他　而是他拽着我
他一松手　我就会走丢

2015.08.29

旷野里的一匹马

它静静站在那里　像一根铁钎
紧紧铆住天空与旷野

蹄边蚂蚁的惊叫　喊出它经脉里的痒
头顶灰鸦的低旋　扇动它眸子里的晕

它没有来历和来路　巨大的狂风
使它变成了一匹乌云

游走在旷野的额头之上
眼中噙满浮世　幻成一串珍珠

它没有去向和去意　沉默的大地
使它变成了一匹浅丘

寒潮从鼻息里奔涌而来
结冰的河流　悄悄流进眼睛

所有的路在血管里奔跑
天空与大地　凝成一匹僵固的雕塑

旷野里的一匹马　突然扬起前蹄
那一声长啸　惊飞了全世界的旧路

2012.12.22

植物记

水菖蒲让湖水有了边际
陈艾的香　爬过浅丘的背脊

蒲公英的灯笼把社会照旧
车前草挡住岁月的去路

桑葚乌红的嘴唇　在夜里吻着寡妇
百合的裙裾　出落成羞涩的少女

玫瑰在嘲笑　被她扎伤手指的霉鬼
夜来香　在夜里的呼噜把夜吓醒

君子兰想做君子　难上加难
金银花大把大把　任性地花掉性命

我永远找不到一贴不老的方子
植物一样生了就死　从不恋世

2014.06.25

末日与重生

昨夜我用自己身体的余温
浪及了遇见的场景　仿佛用一些零钞
赎回了一朵朵黯去的虹霓

一袭冷风　像盗贼藏在背后的刀锋
悄悄逼近我骨骼的缝隙
我依然麻木地沉醉于生存游戏
沉醉于自我的忘形

当命与时光　走到预见的悬崖
我已无意转身　那么多憧憬与遗憾
都是身外渐落的尘土　像生锈的铜钱
慢慢收拢了夜色宽大的口袋
即将窒息的　是我与周围的世界

在梦中　我依次造访了神与上帝
他们高高在上　一层层剥掉我的皮肤与骨肉

今晨醒来　我像一个婴儿
世界也刚刚诞生　还未被命名

2012.12.22

岁末的河流

流水越来越瘦　躺在丰腴的河床
十二月用十二根僵硬的手指
在调整它的睡姿

一只乌鸦嗖的一声　就把世界飞没了
两片散落的羽毛拖着传说
轻轻啄食着水面上结冰的天空

流水流进钟声　一滴滴侵蚀着
岁月的脊梁　惊起满天大雾
慢慢把面孔俯向凝霜的铁灰

盘点既往的涛声　仍有几枚卵石
敲打着岁月的内壁　颓废的溃疡
又丛生出淡薄的月光

流水正在转弯独自悄然而去　剩下的岸
像两片无法触碰的嘴唇　那么多的冷
既无法说出　更无法咽下

2012.12.22

一盏灯埋头清一次嗓子

今夜万籁俱静　人迹罕至
今夜师傅去了山下　木鱼出门捉月
通往山径的门　被花朵徐徐关上

文字在经卷里安睡　尘埃落地
木头中的蛀虫　把牙齿含在唇间
池畔的莲　刚刚褪掉雾岚的薄彩

今夜我已厌倦说话　舌头木讷
口水干涸　哈出的气雪片般锋利
今夜我什么都不去照亮

只想埋头　清一次嗓子
打通向内的喉结　把这些年来
结在火中的痂茧慢慢嚼碎
吞下去

2013.09.01

067

湖　光

这一望无际　泛滥的光波
只活在我眼里　湖岸轻轻抖动
我必须像一颗铆钉　钉住大地的晕眩

人群不知所处　我独剩在这里
见证湖光的存活　与众生无关
妄想湖光的衰老只与我有关

但我只跟时间有关　被时间关得久了
我也开始荡漾　身体崩塌　头发稀疏
夜里的喘息　一浪浪高过星际

一只鸟忽然从湖心升起　像穿黑袍的神
它飞向我　像一颗子弹
我无处躲闪　闭着眼睛迎接命运

但我并未死去　我只是用脚踩低堤岸
使自己成为天地间的缺口
湖光倾涌过来　挟裹着我飞奔而去

2015.04.11

波　浪

这一行行随波逐流　熨帖的诗行
中间到底夹杂了多少颗水珠
它们秘密的婚恋　又将孕育多少
动荡中无法安息的氢分子和氧分子

一个人带着疑问　在湖岸踯躅
眼波被湖浪驮去对岸　再折回来
竟是一窝滚烫的热泪

这浮生的爱恋　被水瓜分殆尽
一个人坐在岸边　身体被拍打出空响
唯有额头凝固的皱纹　紧锁着
内心泛动的那些喜元素　悲元素

一个人躺下来　是斑驳的堤岸
他的体温也一排排　眷顾着汹涌远去
只有回声在身体上聚集　翻江倒海

2015.04.12

醉 饮

乘一叶小舟　煮一壶烧酒
只带一个水一样清澈的人　去湖中对饮

我们说流逝　我们说荡漾
泪水滴进湖中　叮当作响

抽刀断水　忘记所有的来路
两个人用酒　濯洗身体里的沉疴

天地旋转　只不过天旋地转
我们稳坐舟舱　不为风动水摇

一尾鱼跳至舟舷　闻醺即醉
它落入水中的那瞬　有流星划过天际

醉了醉了　不再说流逝不再说荡漾
沿着各自的往事　我们划臂独游

一叶小舟　剩在偌大的湖面
向东也不是　向西也不是

2015.04.13

重　逢

那年路过这片树林　我曾将一声咳嗽
吐在树根之下　像一颗智齿或一阵胸闷
时已既往　我渐渐淡忘了那一切

如今经过这里　我看见满地蘑菇
打着灯笼　在时空里寻找主人
我抬起的脚　仿佛要踩着自己的脑袋

此后我走在浮云之上
身体空得透明　偶尔也化身一朵白云
跑到树梢去眷恋一会儿

我看见一个孩童　在林子里穿梭
他漫无目的　不急也不缓
悠闲自在　干净得像一阵风

2012.12.22

夕 光

在众多的眼瞳上
它像神　拖着宽大的长袍
渐渐隐进教堂的夜色

十二月的夜雾　漫上每一个头顶
钟声踩着落叶　又在睫毛边
挂出几颗似有似无的星星

人群都在走向归处
他们背着巨大的包袱
却仍有更多的东西　没有来得及背负

比如转瞬即逝的夕光
比如如影随形的灵魂
比如无望之望　竹篮子装着满满的水

在每一座身体的教堂里
它是神　早早把院子清扫干净
然后肃穆静候　每一朵等待熄灭的火苗

2012.12.29

时光抽屉

天空用阴云的幕布　藏住我的梦
云朵般庞大而厚重的一只口袋里
装着一格一格的抽屉
分别存放爱情　幻觉　欲望和寂寥

今天上午　雪大朵大朵地落下
仿佛所有的抽屉　一起打开
倾泻而下的　是令我措手不及的震颤

我在雪里走了一会儿　让它落进我的身体
我还在花园里剔过一只黄桷兰的枝丫
让它的梯子更直　更接近天空
并把我的祈望再放回　那些抽屉

忽然感觉自己　站在一片雪上
并迅速在风里飘起来　我触到了阴云的幕布
拉开这道帘子　一格一格的抽屉跳出来
等待我重新去装满　别样的时光

2013.01.03

一匹老马

大地在狂奔
它不停地用四蹄刨着迎面而来的灰尘
刨着浑身奔跑的力气

一匹老马　像时光里出场的寓言
棕色的毛发传说般飞扬
它一动不动　刨着奔涌而来的末日

蹄声恰如一粒粒钉子
每一刻的停顿　都深深扎入大地
都把它的影子埋进泥土

一匹老马背负的天空
透明地延伸　风带着庞大的刷子
将大地刷得越来越老

2013.04.29

眼角的寒冰

这幽深的甬道　一直通向大海
我扑闪一下　潮汐就拧着我的灵魂
涌到月光之上

有一天我故意清空它们　万物还在
弃绝的只是自己　仿佛大火焚过的原野
灰烬掩埋我烧焦的肉身

风声一一掠过　像赶路的马群
睫毛的栅栏徒劳守候　两洞干枯的深井
交织着　像一条蛇拧成的粗绳

突然蛇的舌尖一闪　静静的湖面
神在独自穿行　他们从月光的涛声里
悄悄运出　两粒巨大的寒冰

2013.04.30

窄轨上奔跑着小火车

谁也无法抵达　两根冰凉延伸的目光
满山翻滚的寂静　被一辆小火车刺伤
流出的血　浓烟般在山涧升腾

我是一块生铁　被铆在火车上
人群来来去去　剩给我体温
却把我凝结的锈　背在了背影里

当一声鸟鸣　啄破我怀里的悲悯
空空的车厢有风穿过　拎着夜的包袱
装走了我几十年仅剩的归路

谁也无法逃离　两根独自蜿蜒的目光
在前世来生　周身沸腾的虚无
被一辆小火车偷运　穿过人生空旷的腹地

2014.05.07

山　岚

像一只鬼　藏在松树尖上
吹口哨　集合起满天白云
蓝天更蓝　装入我的眼睛

松针铺排一地　被踩得沙沙响
我的脚印翻飞成一阵风
在林子间猛跑　像被鬼撵忙了

直到我逃出山外
直到我回到城里
直到现在　我内心仍然住着那只鬼

2014.04.14

另一个他

他往东　他往东
他往西　他往西
总是这样　这个没有思想没有体温的家伙
的确是他身体的一部分

他转身　他不转
他卧倒　他站立
总是这样　这个佯装得和他逼真的家伙
的确很多时候都是他自己

尤其是他颤抖的时候
他甚至固执得僵硬如铁
尤其是他化成灰烬的时候
他依然固执得僵硬如铁

这扎在他骨头里的钢钉

2014.03.11

卵　石

它不停地变幻着花纹

在峡谷出口　河谷裸露着寂静的青苔

流水命运一样一去不返

早晨的雾　被鸟裁成薄衫

它打了个滚　腾出一窝天空

一枝杨树的倒影　正在汲水

它听见峡谷的喉结　咕咕作响

而它哽在河谷　挡住时间

不让皮肤上的胎记　复原为家谱

天空布满机关　漫长的一生

它必须背诵水声的密码

才能被一片乌云破译　才能使自己

出落得像羞于出嫁的美人

2015.05.07

神会为我合上双眼

神　　总是先于我醒来
等我理顺梦里缠足的乱麻
他已在高处　　打量我多时

每天我都按神的指使
在人间毫无目的地走
辽阔　　只是眼中的景象
狭隘　　又是心灵的一条缝隙

我从不掩饰　　自己的丑和恶
在神面前　　我只是个孩子
他会是父亲　　狠狠地扇我耳光
他会是母亲把我搂在怀里　　和我一起哭

等我走得累了　　神会劝我休息
我把自己洗干净　　放在床上
神会为我合上双眼　　盖上月光的被衾

2015.08.21

080

夜　饮

浓浓的一盏　盛满天空和月色
我们互致祝福　举杯一饮而尽
也尝到了夜的黑和苦

突然忧虑　一只杯子比心还空
兀立在偌大的地球上
我们终将化为尘埃

只有那杯子　被地球擎着
与星空互致问候　碰溅出星星般的声音
然后将寂静和空茫　一饮而尽

看见这个场景的人　突然转身
发现呆坐在旧时光里的我
微微醉　自己和自己碰杯

2015.09.20

浑　浊

是的　一场飞蚊症袭来
像爱之后的爱　命里的命
这陡然涂在我眼眸里的
不是看破的红尘　而是俗世的垢

但我仍能分辨高贵　纯洁和虚伪
隔着一层乌云　我内心的星星
将发出更闪亮的光

只是我常常会低下头
去寻找散失在面前的几颗泪珠
我会一眼　看出它们的裂纹

2015.07.21

路　人

远远的　一个路人向我走来
面无表情　步态坚定
仿佛整条街道都是他的

他气势汹汹地走向我
我看见他眼睛里的火光
鼻孔里的洪流　和满脸的页岩
越来越近　像灾难突兀而至

我与他对峙　互不相让
当想到脑子里的诡计　一生做过的坏事
我已心虚　连影子都在抖

我侧身　让走了气宇轩昂的他
自己却钉子般困在原地
我把自己钉得很深　很痛
连同那些浮生的过失

我不敢回头　生怕他又向我走来

2015.08.22

刺

当一根刺　扎入我童年的手指
那些新鲜的痛　痒痒的
逼着我找来一根针　挑开鲜嫩的肉
慢慢将那根刺　从身体里挑出来

之后用一点盐　封住伤口
或是把手指吮进嘴里　那些痛
就慢慢被肉体埋了

而当一柄闪电　刺进我如今的眼眸
却没有痛　只有割不断的眩晕
在眼睛里疯狂生长

此后我的视线　也似一柄柄闪电
扎进我所看到的万物
万物都在用针　挑我的视线

2013.12.03

一个假设的人

假设另选一条出路
在巷口　提灯人牵一条灯光的绳子
小心翼翼　踩过更声的跳墩

众人各自安眠　鼾声密织的网
坠入几颗划斜线的星辰　那一阵抖
沿瓦片上皲裂的寂静　将逃离的眩晕
铺满他们衾被上乱颤的牡丹

假设走错一道门
误以是归人　一口袋旅途的寂寞
停在门边　像一个执拗的乞讨者

囊括所有路上的荆刺　伤口如侧门
一些疼痛通晓旁门左道　另一些则痴呆
他在影子里独善其身　却又放任自己
撒腿奔跑　群山与草芥都是过客

假设另辟一条退路
复原一条蛇　脱掉荣耀的衣衫

以肉身丈量凡尘　那些硌人的沙粒

独自盘旋的骨骼　折叠星光
隐忍于流俗中欢娱的瘟疫　放纵在
兀自箭一般射出的话柄　像一个假设的人
那般认真于人　那般忽视所有的人

2015.09.21

一些美好的事物正在经过

第一场秋雨　吹灭盛夏的火焰
季节像车轮在自己的轨道上　爬梯子
一大片植物猛然转身　抖掉灰尘
看几只鸟　如何把翅膀掀得树叶一样

在林子间徜徉的人　像没有往事般干净
只有一对拥抱的男女　像两株禾苗
让身体更加紧密　让原野更加空旷

几颗茶叶在杯中展开　重温明前春雨
碟片中的音乐　比流水更干净
我懒洋洋伸进岁月里的脚　左右摇晃
摘下眼镜　我写在纸上的这些字
像昨夜在广场上邂逅的一群孩童
他们簇拥嬉闹　又在绿草坪上跑开

一些美好的事物正在经过
我侧身相让　也加入它们的洪流
全然忘记了自己的阴暗与孤立
全然放弃了自己的对抗与固执

2016.02.08

下卷

一根丝在岁月里念经

秋雨下的检讨书

我将眸子里化不开的阴郁　写满天空
这些积雨云　像中年不愿示人的叹息
从天空中降落　一颗一颗的词
落进耳朵　全是阴平和去声

父亲去到山里已经二十年　每年秋天
柏丫上挂满霜迹　像他花白的发丝
而他在梦中的头颅　仍是五十一岁的青葱
高昂着　训斥声依然刚强有力
惊醒后的我　常常会陡然坐起
检讨日常中的疏忽和过失

母亲住在楼下　用断断续续的咳嗽
把夜晚咳出许多空洞　传到楼上
我无法听见她的呼吸　只靠这些咳嗽声
缝合我的担忧和慰藉
而在白天　她的精神出奇的好
我知道　许多不适和小小的病痛
都被她紧咬在七十二岁的牙缝里
使她看上去　依然是健康和幸福的

兄弟姊妹散居各地　独自成家立业
像一棵树的枝丫　越长越远
偶尔合拢来　话语像翻动的绿叶
我尽量轻言细语　很少劝诫和训斥
我知道同样的茎脉　不会长出另类的叶片

妻女围在左右　像两朵不同形状的花朵
老的迟迟不肯老去　小的已灿然开放
我偶尔吼两声　她们会耷拉着头
一会儿又绚丽绽放　变着花样用她们的芬芳
喂养着我这只渐渐老去的蜜蜂

而朋友们总有各自的群落　人以群分
我在其间若有若无　虽然真诚以对
却又常授人以柄　他们拿捏着我
有时候自己都会把自己当作仇人

我们饮酒　饮彼此的目光与温情
佐以时事和诗艺　偶尔还借失忆为料
忘却浮生的烦恼　从酒里掏出锋芒
先杀对手　然后自杀
然后孤单地走在飘浮动荡的人生路边上

一生追求的事业　不过是在白纸上写着黑字
写着写着就不认识那些字了
就把那些字　写成了天空中的积雨云
如今它们落下来　全是阴平和去声
打湿了我的视野　并变得越来越冰冷

2013.10.15

眼睛里的动物园

前夜　一只鹰突然飞入我的眼睛

它是飞过几万年长空　收集了寰宇广袤的孤寂

而兀然闯入这颗星球的首位探险者

它在我的视野里高飞低旋　振羽或敛翅

都独具力量和自由　但它仅在我眼球里

我的视网膜是它的边疆　它的长城

是它从此以后　命数里的炼狱和渊薮

昨夜　一只蜘蛛爬入我的眼睛

它不紧不慢　像多年未开的情窦瞬间发芽

晕眩于一场浓烈的酒　在夜里吐丝

它网住自己　在我的呼吸里挣扎

我懂得它羞涩的痛　和尝试着的放纵

赤裸的肉身　一阵是火山口一阵又是冰窟

我望尽苍茫的视野　是它的眠床

它兀自爬着　拖着一缕割不断的情丝

拴住我日渐苍老的身躯　吮吸我枯竭的血液

而今天　我的眼睛中有更多的不速之客

一只蝴蝶从前世来　它水墨般的脚印

弹出不绝如缕的五线谱　　在我眼球里起伏
两尾如影随形的鱼　　在眼睛里追逐
没有东南西北的疆域　　没有黑白的边界
一群蝌蚪　　仿佛是我孵化出的来生
在眼睛里散漫开来　　坐在时空中
我像一只满腹歌谣而无法唱响的老蛙

此后　　我的眼睛中将进驻更多的动物
它们奔跑　　爬行　　飞翔　　或是长眠
只要我愿意想象　　它们便出现
或是猛虎　　撕咬着我内心的豹子
或是兀鹰　　啄食着我血管里的惊悸
或是一群蚂蚁　　给骨头浇注无尽的痒

我相信明天　　我的飞蚊症也不会自愈
当人世间所有的浑浊　　污染我的眼球
当尘世间众多的黑　　涌入我的视野
我再没有一双干净的眼睛　　用来打量尘世

2015.08.08

我的祖国

我梦见自己在这个星球上奔跑。踩过卵石的花纹
踩过植物的根茎，踩过花朵的嘴唇。我的脚印翻飞
惊溅出宇宙间的繁星。我把自己跑到无穷无尽
不为丈量身下的山河，只想让迎面的风把我展开
在浩瀚的时空洒下我的体温，让它们串起我的脚印
共同组成我身体的疆域。我曾经自私地以为
只有我跑过的土地，才是我的祖国

我在前五千年的农具里奔跑，踩过火药和指南针
踩过造纸术和印刷的活字。那些皲裂的木纹穿过灰尘
布满多少代人的叹息。那些在泥土中躬身的咳嗽
长出了暗斑和锈迹。我奔跑着把它们领进博物馆
自卑地以为，只有记忆里的事物，才是我的祖国

我在时间的夹层里奔跑，踩过圆明园的废墟
踩过月球车的轨迹。踩着自己的影子越跑越小
宛如从嘉陵江汹涌的出口，跑到蜿蜒的源头
我只和干净的水滴为伍，只与洁白的浪花相依
我自恋地以为，只有干净的流水，才是我的祖国

我在后五千年的网络上奔跑，踩过伊妹儿
踩过博客，踩过微信。让梦想牵引电子的视线
在显示屏里繁衍子孙。他们在另外的星球上画梦
梦想的花朵便开满人心。我印上温热的嘴唇
自豪地以为，只有吻过的亲人，才是我的祖国

一万年啊，我就是那个一直奔跑着追梦的人！祖国
当我吹灭一盏五千年的油灯，是你给我无尽的光明
唤醒我沸腾的血液，照亮我汹涌的呼吸
当我揭去衣领上沉甸甸的补丁，是你为我缝补征衣
温暖我单薄的身体，护佑我不再孤单的灵魂
当我刷新五千年的显示屏，是你画出一颗饱满的星辰
为我的颂诗铺展宣纸，为我的梦想插上双翅
当我欢笑，你就是我沟壑纵横的笑颜
当我哭泣，你就是我身体里奔跑出的泪滴！祖国啊

我沉默时，你就是蛰伏在我身体里的骨骼
像发射场银灰的火箭塔，目标直指蔚蓝的苍穹
我清醒时，你就是流淌在我经脉里的篝火
像从家谱里汹出的红，染亮整个家族头顶的晨曦
而当我歌唱，你就是方块字里起程的语音
背负跌宕起伏的古韵，绣成我胎记般的文身
而当我奔跑，你就是我足印里诞生的精灵

我小小的身躯到处都奔跑着你啊，我的祖国！

我梦见自己在这个星球上奔跑，像所有人一样
踩过一个乡，一个县，一个省，永无终点
踩过一秒钟，一分钟，一小时，永不停歇
我奔跑成一只大雁，为你划出广阔的天空
你还给我更蔚蓝的苍穹。我奔跑成一只蜜蜂
把最甜的蜜献给你，你赏赐给我更多的花朵

背负你的皮肤，我的身体就是你的领土
念着你的名字，我的荣誉就是你的旗帜
在浩渺的时空里，在无垠的梦想中
我就是全部的你啊，你就是全部的我！我的祖国

2014.08.07—18

海　殇

——马尔代夫诗抄

亡国论

海水在此　才是刚刚开始

一排排波涛的牙齿　叼着陆地

向日光汹涌　向漫无边际的白云倾斜

苍穹翻滚的蓝　歇在椰树上

如金属的铿锵之声　锋利地刺向地心引力

一束剪刀般的涛声　从云朵的缝隙

掏出一座悬崖　像一个板着面孔的马尔代夫人

刀削的鼻梁耸着伟岸的海拔　落座于波涛之巅

他的喉结里　藏有一千吨涛声的炸药

此刻哽咽着　身后的国家是他一件飘逸的薄衫

珊瑚的火焰　以它肉色的激情

在挑战广袤的蓝　慢慢堆垒在礁环的这些光

是两个颜色种族厮杀后的战场

血腥的汪洋　悬坠在星球的表面

而它疯狂的旋转　拧紧了一个国家的机器

坐在海水里开会的总统　是另一种生物
他的牙齿上粘满贝壳　当语言的沉沙
伤到他的目光　一个国是众人养育的珍珠
此刻疆域易主　一抹光泪一般飞越
坐在岛上的人民　慢慢卷起了自己的脚踝

这不断上升的　是人类欲望的汗滴
汹涌在头顶　像一颗颗氢弹炸裂
陆地四处游走　在珊瑚的背脊上
一个人的背影　连同包裹他的蓝
使他像另一颗星球　渐渐坠入了星球之内

已在人间尽头的人　正在排练一场旷世的表演
他们摘下人的面具　暴露出的贪欲　凶残　掠夺
一脉脉在没有面孔的头颅上　曲虬排列
此刻正被蓝淹没　他们心里的国越来越沉
并最终压得他们　一直沉到了时间的沙底

2013.11.18

100

变形记

天空一团团落下来　比乌云还重
砸进一个国家的眼瞳　溅出坚硬的岛屿
此刻两个马尔代夫少女　身着比夜还黑的长衣
径直走向大海　逆光中她们的身影变形
成为最近的乌云　使天空真实地在海面破碎

在岸边行走的人　踩中贝壳尖角的锋刃
一滴血怎么也唤不回海水的明净
排排逼过来的蓝　像神秘的命运
除了躬身承接它的拍打　即使放走体内所有的狂澜
也无法复原一只贝壳的坚韧

一片月亮　像最初浮现的岛屿
众多的珊瑚抬头　用目光接引天空
它们吃下月亮　瓜分那团带着毛边儿的宁静
疆域延扩　霸占的波涛拍起巨浪
它们行走其上的影子　瞬间变成人形

这是一片无法冒犯的大洋　它吞下天空
吐着群星的唾沫　鼻息延伸为一片弯腰的椰林

站在树下的人　像一朵浪花一样碎掉

它们的肢体散落成沙　聚集为黑夜

并在时间的边上　一滴滴泛滥成覆水难收的蓝

一座座岛屿如遥远的梦　零星散布在洋面

这些生在浪花尖上的祖国　靠涛声环抱子民

他们眼中游出的鱼　有一些疼痛的花纹

从晨曦浸入晚霞　走向末日的背影

孤单而决绝　像他们漂浮在洋面的命运

注定的湮灭　是一柄悬在头顶的浪的白剑

忽而变形成蜃中的岛　忽而散漫为流沙的屿

只有这些人足踏浪尖　如踩着命定的刃峰

一会儿化身为一团乌云　一会儿变形为一朵水声

以物易物　用肉身换取天地间的流遁

2013.11.19

失乐园

今夜我的灵魂还原为水　今夜我的身体

是越来越单薄的岸　剩在一个滞动的星球

今夜我张开仅有的皮囊　盛下这些水

倾泻而至的岛屿的暗影　我还原为梦
今夜我代表全人类　迎纳这些涌动的狂澜

曾经我是多么晶莹的一滴水球　被蓝充盈
周身布满群星的花斑　倒映鸟的和鸣
在宇宙中沿着向往的轨道　飞升飘移
曾经我把人类视为球面的光晕　清澈圣洁
天地之间　我们共同闪耀着蔚蓝之光

但今夜我被瓜分　热流似火
烧灼我的面颊　无尽的水涌出身体
淹没了我的信仰和良知　独坐星系的链条
即将断裂　今夜我身背再也背不动的重负
沿着一条下坠的通道　落入自己的内心

人类在逃避炽烈的光　鸟兽在躲闪飞来的箭
植物纷纷低下头颅　把经脉衍化为灰烬
海浪兀自起落　掀起一场空击打另一场空
仅存的几座岛礁　张着乌黑的牙齿
将日月嚼碎　咽进了深不可测的海沟

我将是最后一个人　将是最后一片荒凉的海岸
守着干枯而污浊的海岸线　裸露着旷世的寂寞

我将是最残忍的一粒沙　裹满无尽的疼痛
剩在时间的边沿　用一望无际的麻木
捆住那一滴梦中的蓝　捆住痛不欲生的惊悸

到最后我将只剩牙齿的化石　惨白而凶狠
留给最后的一朵浪花　让噬咬不再有痛感
让所有的国不再有疆域　所有灵魂的磷光
不再有寄生的旗帜　我将灭顶于海水
这寂寞的海水也将死去　成为一团瘴气

2013.11.20

写在云朵上的情诗

昆明曲

我问海埂边一株早起的石榴

滇池昨夜为什么哭　石榴无语

面颊上仍滞留着两行泪渍

我问西山上的睡美人　她仍在沉睡

浓重的乌云加重了她的喘息

整夜哭泣的滇池　把自己哭成一弯弦月

三千年的眼泪　五百里的孤苦

浮在水面上　是一团浓得化不开的污迹

纵有普渡河的泄口　也度不了一滴水的罪孽

而我藏在一滴水中　像一座即将岩溶的山脉

肉体在溶浊　骨骼在崩塌

体温在滴漏中陷落　喘息在波涛上堆积

眼泪炽烈如岩浆　垫高了滇池的海拔

填海的人　已被时间填入了土里

沿着骨头堆砌的海埂　我在失忆中梦游

邂逅一只海鸥　飞到大观楼上

做着拆字游戏　我们先拆昆

让它成为僻居荒野的一个望夷

使曰被两把匕首看守　我不说夷人大种

只记取自己的小悲伤　放在刃口

我们再拆明　日与月就同时跃入中天

伸手可摘　像是我悬而未坠的眼泪

晨间苏醒　我从西山之巅采来白云

悄悄擦拭滇池的脸庞　拂去沉积的时间

我把一缕缕波纹　理成绕指的弦

然后唱一支昆明曲　直唱得山河宁静

人世安详　直唱得自己回到一滴水的澄澈

大理谣

我的确爱上了点苍山斜阳峰下的那只白狐

她打碎在下关天生桥的那五瓶风

吹开了我潮水般涌满全身的痉挛

而在上关云弄峰麓　打坐念经的朝珠花

一句禅语　便催开了漫山的奇香

我是寻香而至的落寞书生　背负一世清愁

106

无意间惊落她的眼泪　铺满点苍山

成为千年不化的积雪　她甚至像天宫公主

将内心的宝镜　沉入海底

照彻我满脸的羞辱　和一生的怯惧

晨曦用绯红的视线　诱我登入罗荃塔顶

沿天镜阁的翘檐　我看见千寻塔上的金翅鸟

扇动金月亮的光晕　纷纷向蛇骨塔涌去

我就是蛰居塔底属蛇的书生　守着内心的清白

空把一怀愁绪　海浪般推远对面虚空的岸

当岩浆般的欲念　像蝴蝶泉汩汩而出的水花

我在深夜放逐灵魂　扇动罪恶的浊浪

像洱海夜渔的灯火　闪烁着幽惑的光亮

我知道身下的这尾鱼　最终会被人吞噬

我张开空洞的嘴　一口饮尽了大理的风花雪月

然后退向岸边　以她单薄的身躯

站成了一尊岩溶石般　望夫的雕像

如今我哼着白族调和大本曲　在人间流浪

但我仍渴望返回洱海东岸　在无月之夜

将洱海压在身下　任她急促的呼吸和喘息

一浪一浪地拍打我枯老的躯干

任罗荃法师口中的咒语　让我还原为蛇

成为佛图塔下　　那尊永不安眠的枯骨

丽江歌

今夜　　我干净的名声在酒液里跑调
束河的月亮　　在溪水中洗涤自己的面影
而我的灵魂私奔　　沿古街的砾石
径直去到玉龙雪山　　与一群白雪媾和

今夜我在九鼎龙潭的龙泉里　　寻找一滴水
像我命里的情人　　坐在万古楼前
唱着忧郁的慢歌　　直唱得时间
凝在绿柳枝头　　像一块忘了痛的暗斑

为我献上玛卡酒的　　是美人弦子
她在自己的往事里进进出出　　像路过人间
但我一直看见一道门　　关闭了她目光的清澈
上面的锁锈迹斑斑　　如她的回忆

陪我饮酒的美人　　在一串佛珠上走走停停
挂在杯壁的唇印　　比束河的月亮更红
落在三眼井里　　像一尾独自修行的鱼
背负了济世度众的念想　　却走不出那滴水

其实只是自己陪着自己　在喧嚣的尘世
我沿着东巴文字　象形的茶马古道
寻着纳西古乐的化石味道　路过人间
我用紫外线　一根根缠住奔走的肉身

束河令

我的眼中盛着两粒寒冷的篝火
潜入遥远的束河　挂在暗柳的光影里
尘世已远　古道在瘦马的喘息中疗伤
深鬓掩隐的铜铃　惊出一身冷汗

"束河。束河。柳暗月婆娑。
茶马古道，一步一蹉跎。
斜苍幽陌里，芒草萋离，栏杆无人倚。
马帮已远，遍地足印积，积满离歌。"

忆故人　我横吹弯月下的骨笛
山河荡漾　束河在月光中浮上来
满脸都是流淌的泪珠　在风尘中纷飞
那曾被我遗忘的　也早已将我忘记

"寂寞。寂寞。人喧楼影绰。

路过人间，一夜梦不觉。

把酒往事中，陈情悲集，旧杯新酒稀。

人来人往，满目细雨逼，逼到微酡。"

剩在人间　我与自己的影子交谈

身旁美人端坐　一盏欲言又止的灯火

束河已然睡去　沉沉的夜里

唯有窗沿渐移的身影　新鲜欲滴

"夜歌。夜歌。弦冷词影烁。

寂静歌台，一曲肠消磨。

暂借风尘中，欲觅欢喜，浓饮沉醉急。

酒醒何处，浑身寒露滴，滴痛心窝。"

苍山调

和天空生活在一起　我是一朵倏然而降的云

众生点灯　我歇于苍山之巅

像你眼眸中的一袭惊诧　遮住漏风的身体

夕阳的金钵　亦欲向人间讨一晚温暖

在十二峰　我一座座开化脑中勾回

念想人世间　那么多人奔走相聚别离

剩下的是一堆火　一团烟　一缕骨

苍山已老　我年轻的体温无法捂热它的寒凉

坐在罗荃半岛　我已骨枯若塔

积雪满身　幻出迷离的云影

细数洱海涛声　如粒粒钟磬之音

望海的溶石　内心有痴怨翻腾

我将乘一片波涛归去　在来生

像夜渔的灯火　悲悯人间生计

我独抱守内心过失　用一张陈旧的网

去打捞水中　呼吸急促的月亮

这突如其来的网　也是宿命的

默诵内心的经卷　我哼出的苍山调

竟是一块喉中的雪团　迎风而化

化为前生的来路　和来世的尘烟

抚仙韵

一只帆影　啄破水波的轻吟

血脉中奔走的盐粒　在喉头开出花朵

水蝉振翅　运走骨髓间的犹疑

我借这一行行文字　写流水之诗
鳞状的往事　被反复揉碎
剩在沙滩上　是零乱的足迹

而在抚仙湖底　另一座城的人依然活着
宛如我的体内　生存着另一个自己
如鱼得水　掀起漫天的巨浪

而终是难见天日　仿若内心的暗
哽成无言的痛　夜夜纠缠
我水波般荡漾的肉身　和无望的归程

沿着长长的湖岸　一只野鸥
叼走我的目光　泪水汹涌而至
溺水的旧事挣扎　而沉入水底

抚仙湖　我仅借用你一滴澄澈
便化掉我凡尘的俗念　剩一缕灵魂
朝朝暮暮　萦绕着你旷朗的清澈

我也将还你一滴汹涌　让灵附身

涤荡你沉默的绿　朦胧的岛

以及我们此生　仅有的相依

2014.07.08

丝　经

蛾娘在绿桑间默写生字

蛾娘抖动着灰色翅翼　战栗出身体里的墨汁
涸在绿桑间的银白色繁星　像她默写出的生字

行行生字　组成浑圆又密实的句子
每个字里都住着一只虫子　怀揣丝的长梦
在春天叩门　蠕动的声音朗诵着光的波浪

排排生命的密码　正在独自破译
把蛋壳啄开一个通道　趴在时间的窗口
星光的触须　在透明的露珠上照镜子

娥娘有些疲惫　歇在被遗弃的蛋壳旁
看见一只虫子与丝接头　探出的脖子
秘密眺望出游丝般的视线

蚕是一位贪睡的新娘

一盏桑葚是天堂的灯笼　照亮桑园的五线谱
蚕像一群乳白的音符　从绿桑间爬上时间叶片
吮吸光线的汁液　在身体里谱写谣曲

上帝分给她四个夜晚　她慵懒得像贪睡的新娘
每一夜酣眠都是一龄蜕变　都是天地的经纬
织出内心的疆域　出落为丰腴的身躯
然后撕裂陈旧的骨骼　与自己道别
曾经艳丽的皮肤　只留下一件梦的衣裳

昂头兀立着默唱谣曲　像神在内心纺线
渐渐透明的身体　蓄满梦的光纤

那些柔软的曲调流淌着娇嫩的蜜丝
每一次从梦中出来　她婉转的腰身
都会牵出一阕月光胖胖的歌词

蛹在宫中悟禅

当蚕吐出内心的眷恋　乳白液汁凝为丝线

115

这些身体里的光化身禅语　编织出一座银质寺院

独坐寺里的蛹　皱褶的肉身有着夕阳的容颜
像被梦缠身的老妪　或宫中的配角
或一只银棺里麻木的仁　或装满梦想的埙

闭关悟禅　一生被一根丝缠绕着变形
金黄的身躯在念经　念着无法丈量的来生
念着椭圆的宫殿　念着一生都画不圆的符咒
念着唇边游离的经纬　有如清晰可缕的木鱼声

直到把一生捻成一根丝　升起一座悬浮的寺庙
旋转的弧线分泌星光　修炼出灵魂的翅膀
悠长的触角　探出伸向来生的轨迹和方向

蛾是得道的女仙

黑暗宫殿变为沉默炼狱　梦想长出翅膀
咬开皮肤的洞口　绕过一生的疼痛
从密室出来　身披灰色长袍
蛾已是得道的女仙

从针尖般的虫卵　到一生仅有的四次睡眠

从吐尽内心的秘密　到织出孤独的茧
生命就是从一个宫殿　走进另一个宫殿
命运如丝　轮回中不住地让自己变形
却又统一于一根丝的柔韧和缠绵

身体微微舞动　便有风声簇拥而至
张开翅羽但放弃飞翔　只任身体里无尽的星光
带着悠远的梦　在时间上产卵

一根丝在岁月里念经

山河静坐　一根丝在天地间行走
途遇明媚的露水　温和的月色和流淌的风声
在蚕的梦里托生　借一只茧现形

一根丝用炊烟上香　数着桑葚的紫佛珠
迂回于桑叶的绿和浆汁的白　默念偈语
从蚕的身体出发的那束光　栖上梦的眠床
直到把她的经脉　伸进蛹的睡态和蛾的翅膀

一根丝独自在时光中行走　从长安出发
绕过大漠孤烟　绕过西域羌笛
牵引无数人在命运里跋涉　当回到原处

117

一路的驼铃　散发出银质的光

一根丝在时光里延伸　把天下铺成一匹帛
把江山织成锦　把岁月的涛声编成绸缎
时光中曼延的足音　惊动了历史的竹简

一根丝在岁月里念经　为蚕超度
那柔弱的光芒　足以盖住尘世蠕动的沧桑

2014.9.1—14

秋　歌

1

这斜垂的头颅
更低于秋天的枝条

梦已熟透
一颗苹果在天空跳舞
踩着鼾声碎裂的锋刃

树下蜷缩的蛇
口中吐出炽烈的火焰

暮色里
一丛足音在原野上松土

2

容我独坐在一片落叶的阴影中
这是秋光的赏赐

几瓣从叶间的枝丫中垂落的太阳
在我脚边散步

这被镂空的身体像一只灯笼
洒在周边的光斑
是走失的部分自己

3

一簇桂花嘟着香气的嘴唇
赶很远的路
悬垂在阳台的边缘

看不见桂花树
鼻子也正被秋风堵塞

一架阳光的梯子
斜搭在我的肩膀上
香气们爬着梯子拂过那些尘埃
很快就要上来

4

坐在山巅上看着
一群果子下山了
一群树叶下山了
还有一群阳光　一群盲眼的蝶

这有些秃头的下午的时光
流逝的声音小河一般明亮

突然一只盲蝶的回眸
黑暗和寂寞一般
纷纷漫上山顶

5

晚星伫立在我头顶
眼睛一眨一眨
流出云朵般大团大团的声音

山涧的雾像束腰的少女
伸着懒腰

一盏两盏的灯火催她回家
而那条小路上却堵满了谎言般的落叶

6

割草机轰鸣过后
整个早晨杂乱无章

满地草茎像昨夜梦里
掉落的头发

一洞木窗背后粉红的帘子
长出秋风般的眼

割草人走了
满地浮起一层醒目的秋露

7

仰望星空
直到把眼睛望成满天星星
直到把自己望成一棵树上的蝉

蝉声潮水般退去了
谁也不知道蝉去了哪里
只有我在这里像一只巨大的蝉蜕

8

一群蚂蚁在急忙赶路
它们会看天象　料知秋雨将至
它们还抱着一颗硕大的地瓜
这足够把生命维持到来年秋天

我却突兀在半路上
不去看谁的脸色　也不怕被雨淋湿
我心里有一块巨大的石头
我总是搬不动它

9

湖边长椅上坐着一个人
他足足坐了一个下午

从背后望过去他并不完整

只有头颅和上半身　其余都是椅子
椅子下面的落叶越积越厚

我一直在等他起身　然后自己坐过去
整个秋天很快就要过完了

10

我想赞美这座城市
树干般崛起的高楼上
那些树叶般鲜活的工人

但秋天来了
他们也会很快从树上落下来

11

我会在秋天去爱一个人
她已成熟　并将渐渐老去

我比任何时候都更加狂热地爱她
爱她一件件脱去衣服　毫不犹豫地
露出她自己

12

一路走过来　我的双手溢出秋天的味道
身后的影子也比夏天长了一寸

我还将继续把影子走长
一直走到冬天
直到把它走进雪里去

2014.08.30

秋 雨

1

这视野中滚涌而出
浑圆的一滴
它来自我体内

穿越时空　那么多事物把影子
投进它透明的晶莹

迎候随之而来的那一瞬：迸裂

2

等下完身体里的这些雨
我已如空蒙的苍穹
蓝得只剩下蓝

等下完身体里的这些雨
我再没有云

用来隐藏空虚的脸

3

很多时候　我的视野
都是一张苍白的纸
盖住灰蒙蒙的尘世

一滴秋雨落下来
它无法洞穿我的视野
它只是打湿了那张纸
并把尘世包裹起来

4

一只鸟在秋雨中飞行
它拉出的纬线　与雨丝的经线
共同编织出孤寂

它越飞越远　运走了雨声
它还会飞回来
擦掉那些纬线　让雨无法编织

一只鸟坐在雨里
它的羽毛　随雨水一起
离开它自己

5

它们挥着透明的鞭子
赶走了所有的人群

有人躲在屋檐下商量生计
它把他们的声音也赶走了

荒无人烟的尘世
它们正在鞭笞时间

6

天很快就要黑了
而我还有很多的雨
没有下完

我不想在夜里下雨
不想打湿你们的鼾声

洞穿你们的梦境

但我不得不让眼睛决堤
我怕我最终忍不住
自己的溃败

7

摊开手掌　看一粒一粒的雨
在我的掌上开出美丽的花朵

它们瞬间的绽放　瞬间的凋零
都是如此触目惊心

如此让我着迷　让我忘记
我浑身已被雨淋湿

8

就算是我　在天空怀抱那么大一朵云
沿着时空垂落　湿漉漉的丝线
在坠地的瞬间　也不一定有那么大一滴

就算是你　从高空悬垂的黑色乌云
穿越滚滚红尘　沉甸甸的珠滴
在炸裂的瞬间　也不一定有那么透明

偏偏是这雨　一滴就是一个秋天
偏偏是这雨　一颗就是一段奇迹

就算是你　一想到秋雨眼睛里就会有涟漪
就算是我　一说到秋雨周身都将升起寒意

9

几滴细小的雨　跑很远的路
躲在草丛里

这是我良久仰望苍穹
从身体里　赶走的几颗星辰

它们像我的爱情
要先懂得隐藏　才会炽烈地蒸腾

10

遥看远山之巅
一朵野菊花　手执黄色灯盏
它饥渴的唇　开得一瓣一瓣

而雨还在我这边

11

一个女子　坐在我身边
哭
她的额头很空　眼中蓄满乌云

一个女子在哭　却没有眼泪

她就用那些声音的绳索
捆住我

12

我和这个秋天势不两立

针锋相对

但为什么它下雨我就战栗
它落叶我就掉落头发

我和这个秋天相偎相依
惺惺相惜

但为什么我阴郁它就秋高气爽
我痛哭它就秋光万里

13

摊开白纸
把一粒粒的雨　种在纸上
秋意弥漫下来
满纸浮起透凉的露滴

当白纸在我眼眸飘起
那些雨粒　绣在视线上
那些露滴般的秋意
又弥漫我全身

我领着这张白纸　在尘世流浪
是雨丝将我们缝合
是雨丝让我与露滴
彼此惦记　不离不弃

14

秋雨是一位织娘
细密的针脚比心思还多疑
雨有多宽　秋天便有多宽

柔软的秋光被绣出花纹
一个少女　像一枚针
总有锥心的伎俩让秋天满脸浮起浓雾

一个诗人在晨间写诗　秋雨落满白纸
像谎言的叶片　被一根白发串起
在雨中淘洗　日子明亮
如一串少女胸前的珍珠项链

这淅淅沥沥的低诉
如此宽阔　宽过秋天的脸庞
和少女的内心

15

月夜　一群箫声在细雨中赶路
桂花在落　箫声迷路了
月下吹箫的人
迟迟不肯回家

16

湖面上　一枚柔软的针
正在划动古老的唱片

在喧嚣的尘世　播放静
唤醒一枝红荷
她鲜嫩的唇舔到雾里的月光

褪在一旁的绿裙
独自在水中濯洗一脸的皱褶

月夜的秋雨似弦　风的手指拨弄的雨珠
悄悄走到了湖岸之上

2014.09.13—14

嘉陵江

1

我是在白云间俯瞰大地的一滴水　听见有人呼喊
便和天空一起说出我的名字　嘉陵江

在陕西凤县嘉陵谷疏朗的草地　我看见炎帝从人群里起身
在天台山祈雨　众人的呼喊翻越秦岭之巅
睁开的眼睛铺成宽阔的河道　目光弯曲成一道彩虹
我从云朵中下来　涓涓水声是我的嫁衣

我歇在一枝天目琼花的根部　轻轻唤醒身边那些连香树
独叶草　玉兰和杜鹃花蕊上的露滴　我们抱团而行
在石头的缝隙听见了柳莺　羚羊　锦鸡和黄鹂的歌唱
像惊醒群星的辉光　照耀周朝和秦国的疆土逐水而居

我喊出刘邦入关时煎茶坪茶香里的水　喊出陈仓古栈道
诸葛亮伐魏时点将台前甘露里的水　伸向灵官峡石崖的
　舌尖
欣喜地舔到一串晶莹的水珠子　我们流进千里嘉陵第一村

在一盏油灯的夜话里尝到温情　　在传唱千年的民歌里吮
　　到永恒
这些无私馈赠丰盈了我的腰身　　我带领喊醒的水一路前行

2

我还想喊更多的水　　从陈仓山的峭壁到清风与明月的峡谷
从堆码在蜀中的座座丘陵　　到长满故事的坡地河岸
我在人群的眼睛里喊　　在叫不出名字的植物的果实里喊
在冲刷过历朝历代喧嚣的河道里喊　　直到喊出众多的水
把崖壁上历史的烽烟浇熄　　在河谷种植出清纯的涟漪

我喊醒的人群往往复复　　在河道用步履丈量自己的命运
那些把面孔藏进流水的人　　扎满水岸跟着群山奔跑
与自己的固执和热情势不两立　　浪费了多少沙金般的生命
漫卷的泡沫使他们身体变轻　　在卵石之间战斗把一条河
　　弄乱
顺水推舟的人行云流水　　逆水行走的人在肩头刻下几段
　　河道
我从他们中滋养出水做的女皇　　又把她一生的功过洗涤
一座无字碑　　在嘉陵江岸的皇泽寺默默注视广元城

像一根舌头舔着低丘的嘴唇　　带领众多的水在地球表面

136

俯身

丘陵的走向就是我的命运　弯曲回旋的河道布满艰辛
抱几枚卵石做伴　寂寞的时候我会给它们刻上好看的花纹
在夜里我会怀抱一轮满月　用又轻又细的手指
拈走他们睡眠上莫须有的惊悸　和几丝波浪般的皱纹

3

一滴水可以穿过时间洞悉历史　在昭化古镇流成一阙太极
深山之间我玩着阴阳两尾鱼　让来往如梭的船只竞帆
穿过城门石牌坊的针眼　在风雨里编织水上的生计
"到了昭化　不想爹妈"　多少人在这里把一生迷失
我用一只青鸟　将衙门里的官帽叼出青山之外
让巴蜀第一县三废三立　最终弃在河岸的是喧嚣后的遗迹

有人在月夜借我的水濯洗面孔　清理乱世的眉目
还有人用我浑水摸鱼　想博取命中多余的一滴
我波澜不惊　任由他们在命运的旋涡里挣扎浮沉
有时还故意掀动水声　藏住他们内心的秘密
只有那个摸黑走路的人跌进我怀里　在消溺中呼救
我迅速为他找到命运的出口　用浪花送他回家

我只是从古镇的脚下流过　固守清白不去冒犯井水

历史的冤屈自有历史昭雪　流过一寸寸泥沙一块块卵石
哀怨时独自婉转低泣　得意时也纵情击水放歌

4

在嘉陵第一江山轻唤阆苑美名　四面的山势就合抱过来
我还欣喜地收下东河和西河　构溪和白溪两双女儿
因此有了更丰腴的身段　更配得上这座风水之都的名分
环住巴子国都　巴渝舞流淌的音韵和鼓声浸湿我全身

吮吸日月之光　天上的落下闳星漫过二十四节气的清辉
洒落天宫院　袁天罡和李淳风手执罗盘察看国家天象
而张飞夜巡古城的刀光　最终抹下他的身子回到了墓里

啜饮古城的文脉　手指触到文庙檐角的一缕书香
我想在贡院赶考做状元　当一滴济世的良水
但我只是展开月光的宣纸　还没涌出胸腔澎湃的激流
满江的清波回旋　已经吟出"阆中城南天下稀"的诗句

我不学李白　杜甫和吴道子　不唱大江东去
只流连于古城神秘的阡街陌巷　徜徉青石板路
巴巴寺的传说让我动心　华光楼的铃声让我忘形
就这样绕啊缠啊　把阆中搂在怀里舔了又舔

午夜更声潜入古城根脉　又从城垛踩着明清调下来
我轻轻喊出几朵洁白的浪花　洗净南津关的静夜明月
几个在岸边看水的人　用他们的身体挖一条沟渠
把我的涟漪　引到了他们内心的宫殿

5

江山社稷是一张素朴的绢纸　我流淌成颜真卿的墨汁
在新政离堆半岛　挥毫走笔的缱绻草书中
我要做最风骚的一点　在这里吟句若偈勒石成碑

我要借这方水土所有人的深情　写满我通红的身体
用墨汁的火焰　在山水里挥洒出感人肺腑的诗意
当书法和篆刻在纸上行走　木偶和剪纸在民间游弋
我看见长征的河流里　无数仪陇儿女贡献的鲜血
使丘陵长满叫德的红色植物　我涓涓清流浇灌着这些大树

我要以德为水　清洗江湖乱世里被写坏的那几个字
在浩瀚的历史中仰望星空　崇敬那些灿若星辰的人
然后我要像红土地一样低伏着　为品性检讨自己的过失
用不断变幻的水波　反复校正自己的睡姿

6

一声鸡鸣日破江　半城炊烟半城桑
流经古相如城　我丰腴的身躯斜倚在嘉陵第一桑梓
太阳和月亮两座交替闪光的岛屿　如我胸前叮当作响的
　佩饰

桑葚似红非红　渔歌比惹还惹
沿着司马相如的抚琴台　我在烟岚深处读《凤求凰》
辞宗赋圣的缱绻情事随赋文留芳　沐浴周子古镇的细雨
我读周敦颐的《爱莲说》　直到把目光和品格越读越亮

漫滩处晨光熹微　我唤出岸边一百头牛到江心来
它们如一条金黄的链子　哗啦啦从水草中拉过一排浪花
湿地里晴岚雨雾　我催促着芦苇丛里的白鹭飞翔
它们又似一串银铃　响当当在蓝天把翅影流远

月亮岛畔珍藏的心跳般的游鱼　在自己的爱情中缱绻
我挂在橘子树上的梦　在早上的一弯浅水里收敛淡妆
而隔江相望的少女　像早熟的蒲公英收拢青春期的寂静
她辽远的心事荡起一江涟漪　漾走我多少迷离
柑橘树下垂钓的长者　把我的迷恋一杆钓进了江心

撑一朵两朵油纸伞　我撑开周子古镇眉目间的顾盼

看一滴两滴白云流连　我在湿地水草中隐身

愿再用五千年缠绵　去缭绕桑梓间清亮的尘烟

7

当一只茧锁住浩渺岁月　茧衣如一粒素色的宫殿

里面坐着的南充城　是我眷恋一生的新娘

丝绸拂亮宋代白塔的晨曦　清泉寺的钟声从雾里漫下来

像粒粒金黄的柑橘　花茎向着阳光散发满江的清香

我在万卷楼里翻阅《三国志》　翻出不老的江山社稷

我在城市的江岸探寻　寻出了一座名叫嘉陵江的雕塑

这雕塑柔韧如丝绸　盛着满城不绝如缕的机杼声

天上取样人间织　织出雾岚里满城的风流和桑坊的静谧

白鹤在江东引颈长歌　曲曲弯弯的嘉陵第一曲流

像我环抱她359度的手臂　轻轻战栗着细数不尽的流年

醉卧果城　看见城郊的桑园举起桑葚的灯盏

照着我丝一样纤细的颈子　沿水波伸向烟山山麓

我吮着滴翠的桑葚　那紫红如金润滑似唇的乳汁

诱惑我的魂　进入南充城前世今生的梦境

舔舐历史的册页　我做着鲤鱼跃龙门的美梦
闲坐西山手持书卷　我是这城里最勤劳的蚕娥娘娘
吐出两千三百年丝质的光　反复描摹她在我梦中的模样
铺开上帝赐予的绸绢　一直把水声写到云朵之上

8

一滴水有一滴水的秉性　一条江有一条江的江湖
在合川钓鱼城　我吸纳了来自涪江与渠江的激情
巨大的扇形向心河网　网尽了这方山地所有的水源
但我又是如此知足　不去觊觎不属于我的水系
让秦岭和大巴山东北的汉水流去吧
让华蓥山东南的长江流去吧　让龙门山西北的岷江流去吧
让西南所有低矮的分水岭　隔开的沱江流去吧
我只抱守自己的衷肠　在自己的流域里滔滔不绝

都以为我只有两岸　两岸青山里的动植物和精灵
两岸悬崖的护佑与围囿　两岸人群痴痴的爱恋
其实我还拥有另外的两岸　一岸的卵石在我怀里
积淀了我内心无法磨灭的记忆　一岸的流云与星辰
在我的梦里　破译着时间和空间里的秘密

无论是漫滩还是堤岸　也不管是明渠还是暗井

无论是寂静山涧的清幽　还是座座城市不尽的魅力

当我以河流的名义奔跑　便注定有欣喜的相聚和无奈的
　　别离

刨开植物丛的荆棘　冲刷泥沙间的迂回

我把自己跑到一步一回头　把自己跑到飞花乱溅一往无前

9

那一路惦记的源头之水和远走他乡的足音　像时空隧道

从火中挖掘骨髓里的涛声　从冰里淬炼眼睛中的波澜

一生无休止的流淌背负群山一路狂奔　我就是流水的岸

身体中除了松软的沙土　也有坚硬的卵石

守着轻吻过来的一江碧波　我用好听的名字流进人们记忆

我用纯洁的身体和灵魂　护佑这深爱的土地

横切华蓥山　也许我疯狂的面容比刀子更烫

水声像一条长长的铁链　呼啸着撕咬山体

拉出了幽深峭拔的沥潓峡　温塘峡　观音峡

拉出了雄浑高亢的我的秉性　我的骨气和意志

无论狂暴似一万头怒吼的雄狮　撕掉晴天丽日

还是温顺如枕边女子　婉转柔媚又低眉
面对无论年少好玩的滩涂　还是中年凶险的峡谷
我的血脉有自己的河道　我的呼吸有自己的渠系
收集两岸的朝花夕露　收集一生的荣辱得失
始终一往无前　高蹈地树起生命的旗帜

当内心的鱼的酣眠　像梦一样在暗处流动
我明媚的面容隐秘中有云朵缭绕　沿着悠长的河道
在夜里无端放肆地把自己跑野　跑进人们的梦里

10

挟裹如痴如醉奔流一生的激情　当我面对一道门
有了胆怯　顾虑和心虚　有了不舍　踯躅和犹豫
像早年跃过的洪峰　把故乡抱在怀里
同卵石一道走丢的亲人　背影是一条又深又长的刻痕
当突如其来的门　要关闭我通达顺畅的旅程
父爱般的河床是那样难舍　母爱般的堤岸是那样难分

朝天门　你可看见我清亮的泪水　听见我粗壮的叹息

从水面到岸边　有着整整一生的距离
有人潜水　有人上岸　但人群最终纷纷散去

144

我将独自流远　把整个天空塞进怀里

清点水波的年轮　渐渐熄灭灵魂里稀疏的星辰

朝天门　你可怜惜我悠远的芳心　感佩我不屈的毅力

日积月累的万千水滴　即将奔赴断头台

一生修为的清白　很快要投降给一江洪流

唯愿用我的清白之躯　让那条洪流可以轻一些淡一点

在重庆　我无私地倾倒出血泳中的浪花

倾倒出一江鲜活的日月　满目清澈明净的身世

在朝天门　我纵身跳进长江　是那样的决绝

飞溅到人们视野的惊诧　一定会流出滚烫的鲜血

我将随岁月流逝　当水滴委身于洪流血管裸露给河岸

今夜的风声比芦苇更乱　收容我散落在山涧的骨架

我依然坚持着用内心的信念　搀扶人们终于走上了河岸

然后回头看枯木抱住漂流的往事　蚂蚁抬着卵石往岸上爬

上面密密麻麻　写满生命的密码和流水的路线图

11

我只是母乳的河流从婴啼顺流而下　舐过一路的风花雪月

沿着水波的阶梯掀动旋涡的嘴　　说出天地之间的秘密
我只是一滴在天地间生长的水　　用声音的潮汐作为盘缠
与荒郊野岭兑换宽阔的河床　　沸腾出粒粒浪花的芬芳

当梦走过夜　　沙涉过风　　早晨翻过河岸
一只水鸟在我面颊写下的诗行　　又被它羞涩地擦掉
鸟鸣腾起的浓雾如两岸方言的民歌　　在泥土的心跳里发芽
在身体的旋涡里唱响　　九曲十八弯的波纹刻满花甲
江流的颤动　　波及一代又一代的庄稼和人民

当水声取走寂静喘息盖过潮汐　　一江的生计流水般匆忙
老船比岁月更老　　纤歌比背影还长
仍有一些人在悠闲地乘舟听歌　　仍有一些嶙峋的骨头被
　　越勒越瘦
我咆哮着火一般愤怒　　却总是被一个又一个旋涡吞进水底

我只是一条河　　一条被叫作河和所有的河一样普遍的河
就如一个人　　一个被命名为人最终远离人再回到死亡的
　　一个人
从源头　　流啊流啊　　从出口　　走啊走

12

我在朝天门默念嘉陵谷的名字　嘉陵江
我只是最初的一滴水　喊醒沿途的水组成的一群水
在命运的河道里遵从宿命　无论平坦险峻从不与命抗争
牢记自己的使命　无论顺水逆水从不向命低头

我只想成为一滴水　一滴简单干净的水
用圆润映照世界的美丽　用明净涤荡尘世的污渍
用透明让人们亲近　用滋润使所有的舌头不再僵硬
让人们的视线水一样透明　看到慈爱的先祖和孝顺的儿孙

我只有1119公里　从最初的一滴到走过长长的一生
我依然是最初干净的一滴　无论我怎么迂回婉转澎湃汹涌
我只有这么长　不能多流一米
我只有16万平方公里　从白云蓝天到沿江两岸
从嘉陵谷到朝天门　激情的浪花和隐忍的旋涡收藏了所
　有记忆
我只有这么宽　不能多流一平方米

如今我要去做另一滴水　但无论走多远和多少水在一起
我依然牢记嘉陵江　是我与生俱来永生永世的名字

经历漫长的流淌始终有自己的方向　我会再回到一滴水
回到白云间回到嘉陵谷　重新做一滴水继续循环我的旅程

我只有这么大这么长　但不管怎样我都会比你大比你长
爱我的人　你的爱就叫嘉陵江
把爱交给我吧　我带着你永生永世流淌
恨我的人　你的恨也叫嘉陵江
把恨交给我吧　我带着你永生永世遗忘

2014.08.12—18

蜀籁

如命令

恍如命运在暗处指令
坐在沪上　一张纸被我用笔尖戳破
蜀籁从纸孔里探出头来

一只只爬动的蜀　连成一根线
从东山到西山　从南川到北川
金色的种子纵身一跃　禾苗拱破丘陵的皮肤
又被月色愈合　一声蝉鸣关闭盆地的寂静
柳叶在湖畔描眉　少女在溪边浣丝

一只蚕把蜀绾在茧中　蛹又啄开茧孔
蜀探出的头　有透亮的光晕照耀年华
我身体里住着蜀　身上也背着一点点蜀
这些细微的声音　是我行走人间的盘缠

我形如蝼蚁在沪上爬行　而我浑身爬满蜀
一串串蜀籁像一条链子　在我的瞳孔里

在呼吸和听觉里　在梦里发光
隐藏我的骨肉　充盈我的皮囊
众籁附身　如铃悬耳

如命令　坐在沪上书写蜀籁
我只是一小块蜀　此刻以赤裸之躯
压住沪喧嚣的霓虹　寂静的耳洞大开
如一条走廊　通往两千公里以外

怀孕声

一只蚂蚁　在露水里
照着镜子　咀嚼时光的声音

一粒种子　在泥土里
偷听同伴　悄悄发芽的声音

一副石碾　在村口边
拖着那条老牛　碾碎回忆的声音

一位老人　在夕阳下
把躬着的背影　插进泥土的声音

一盏油灯　在阁楼上
指着新鲜的文字　朗诵的声音

一行文字　在石碑上
被阳光照亮　暗中回头的声音

一位母亲　在阵痛中
羞涩地摸着腹部　怀孕的声音

一群孩童　在春光里
唱着好听的儿歌　成长的声音

天虫声

时间之桑　低于云朵
低于上帝瞥蜀的那个瞬间
一只天虫斜躺在季节的倒影中
或生于蛹　针尖般的身体刺破蜀
或成于蛾　扑棱起蜀身上暴雪般的尘灰

一只天虫在蜀中行吟　拈着诗的胡须
就着酒　把蜀道吟得丝一般缠足
男人是硬朗的经线　女人是温柔的纬线

满蜀的机杼声　织出了蜀人锦绣的衣衫
它又在梦中造茧　银色宫殿住着缄口的神仙
把头伸到蜀之外　世界为此低下了身段

一支天生的蜀箫　在蜀地爬成天虫
横在蜀的唇边　把时光吹得丝丝复缕缕

蜀水声

在夜里听见水声　仿佛命已决口
气息滔滔　急促到几乎要把脑袋淹没

我从盆地底部爬起来　像一条蚯蚓
从时间的淤泥中　挖开一条通道
又迅速被水声灌满

我把水声吞下　清洗体内污秽
我通体透明　成为一条站立的河
而在白天　我又躺在命的旁边
水往低处流　我从沪上望过去
我的两只眼睛　像是河的源头

磨刀声

被三代蜀人的血淬过火　被一百年开过刃
蜀刀依旧钝如生铁　在蜀中紧抿嘴唇

多少杀戮和戕害　硝烟落在线装的竹简里
蜀默默地埋头　任刀在头顶飞翔
依然把独自的吟唱　坚忍地播撒在大地上

铁匠坐在煤堆里哭　声音流出黑色的泪汁
磨刀人漫不经心　水声黏着铁锈雨一般落下
炉膛的火　同时引燃他们脸上的怒火

盆地里有一只瓮　装满一窝磨刀声
蜀刀藏在声音里　不知所措
磨刀人　磨出了三代人的愚钝

鼠尾声

蜀鼠在边境线上磨牙　疆域剥落
子时荒凉　洞口被弥漫的空响咬开
外省留下几条巨大的口子

它灰色的毛发　如绅士的旧衣服
胡须树立　像在暗夜林立的旌旗
摇得诡计乱颤　外省已成可噬的囊中物

暗夜出蜀　掳掠满地月光
而在白天　蜀鼠被称为川耗子
被光阴追赶得四处逃窜
又被蜀犬吠回蜀中　承受地震般的掌声

其中有一个巴掌　应该打在我的脸上
我贼眉鼠眼混入沪上　给外滩填空
却因一口川话　被沪逮住了蜀的尾巴

鸟啼声

它们把一粒粒啼鸣　播满月光下的蜀地
盆地战栗着受孕　隆起丘陵的肚子

夏夜田野里　它们像子弹扫射寂静
而雨中的树梢上　它们又如勾着头的稻子
在水田照镜子　越看自己越美
叫声发春　唤醒蜀地荡漾的春情

这些在农事中腾飞的　绿色小火苗
烧光所有禾秸　剩给蜀一把金黄的稻子

预言声

一只猫头鹰　像命中至高无上的神
叫声藏有巨大的毒　长着猫的脸
从低丘飞过　像一把黑色的刷子
轻而易举就把一个蜀人刷没了

恐怖的预言　魔鬼般从树梢飘下
人们纷纷俯身　把头埋进命里
面颊上抖出的两串泪　被它叼起就跑

蜀人穿着孝服　一边痛哭一边诅咒
猫头鹰捂着眼睛　不问缘由地瞎飞
盲人般撞向　另一条无辜的生命

号子声

一首川江号子　拉破了所有的河水
岸边卵石上　刻下纤夫的脚纹

逆水行舟的蜀人　　只拉开簸箕大一个天
远远从沪上看过去　　他们仿佛生活在坛子里
歌声盖过涛声　　汗水多过江水

无论忧伤的小曲　　还是高亢的壮歌
都是蜀人自己唱出的　　仿佛他们是天生的乐器
喊破嗓子的人　　喊破了命

而我终将回归蜀地　　加入他们的歌唱
我会拿出喉咙里仅剩的月光　　仿若补丁
打在他们关键处　　快要断气的呻吟上

蜀荷声

我在沪上　　念着一枝荷的名字
她丝一般的腰身荡起来　　仰起粉红的颈子
蜀地明亮　　弥漫整夜的芬芳

仿若一颗明亮的扣子　　锁着我的往事
在蜀中行走　　足音似水
倒影纷纷倾向　　唱片般密密的波纹

而蜀荷会是怎样的女子　像荷叶上的好
蜀风低吟　她紧咬莲子的牙齿
既不念我　更不透露我在沪上的住址

童戏声

我反复喊　一下午就被听没了

记得童年小游戏　切两根竹管
一端包上薄纸　中间穿一根细细的铜丝
自制话筒和听筒　自己给自己打电话
我反复喊　一下午就被听没了

我反复听　一生就被喊没了

童年游戏早已不屑　如今游走蜀地
人群拥挤忙碌　却都无暇顾我
我只好在人群中　自己给自己打电话
我反复听　一生就快被喊没了

在蜀中　有很多这样的孩子
有很多这样的童年　如今消失
自己埋在自己的身体里

众窍之门

今夜我要做通窍的人　打开众窍之门
七窍流出蜀籁　许多窍奥都是野生的蜀气

鼻中呼出的心窍　来自万物自有的窍妙
涌入眼帘的　是后窍的一亩三分田
开窍的舌头在方言里翻耕　歉收的风声
从下窍漫上缓坡　蜀人口含怨怼寻找窍门

雷声泼到地面是天籁　水声浮上云端是地籁
我在蜀地躬身　在诀窍里用足音织网
凹陷的盆地　是一只声音的盒子
在低矮的浅丘和陡峭的绝壁间
像一只豆荚　爆裂着出窍的呐喊

那些紧闭多年的门　夜夜被风叩响
几颗声音挂在蛛网上　如我悬在沪上的心
所有的路都生锈了　草叶的尖齿咀嚼寂静
而我返蜀的路　是空中一只机窍的梭子
穿过众窍之门　织入时空中的经纬

2016.8.16—22　写于上海

2016.8.28—31　改于南充

文字编码与灵魂密码

（代后记）

时空漫漫，万物之间的神秘联系，都需要通过人去认识和反映。而时空的博大亘延与人的渺小短暂之间的矛盾，却又只有依靠时空本身去解决。

诗人，无疑是人类中少数的精灵。他既要洞悉时间与空间的秘密，又要探寻时空之间的秘密，还要反映人与时空之间的秘密。而这些秘密都隐藏在世间万物之间，都需要人以独特的视觉去观察和研判，才可以获悉唯一的真理。诗人正是以凡人所不具备的担当，承揽了这样的重任，才得以去完成时空赋予他的使命。

诗人认知世界，靠的是灵魂密码。没有灵感的诗歌，只是意象的聚集，文字的堆砌，注定没有生命。诗人是通灵的，他通过打通自己灵魂与世间万物灵魂之间的通道，去获取万物的灵魂密码，从而唤醒万物，让万物的生命通过诗人的生命显形和再生。诗人反映世界，靠的是文字编码。世间万物及其之间的秘密，都通过声音传递。当声音被语言描述出来，当语言被文字固定下来，诗人所借助的文字，已然跳出文字的表达传统，而是通过自己独特的文字编码，传达出灵魂密码。

一首诗的诞生，正是诗人以其独特的文字编码，传递其独特灵魂密码的过程。人世间，每一个生命个体都是独立存在的，但却又总是需要找到另一个生命个体，来形成人际关系。就如一个孤单的汉字，需要去寻找另外一个汉字来组词，然后一个词去找另一个词造句，一个句子去找另一个句子成段，一段文字去找另一段文字成篇，共同组成社会层面的人群。人之间的这种自然生态影响到哲学、社会学和文学等所有意识形态，而这些艺术形式都需要文字编码来表达灵魂密码。

多年以来，我一直通过诗歌写作和方块字发生着极其秘密的关系。我的诗歌创作其实就是在不停地搬运着一个一个的方块字，像把两个素不相识的人拉扯在一起，我仔细地观察他们的表情和日渐演变的关系，这真是有趣至极。这些有着各自的音韵形义的方块字，被我别有用心地组合在一起，透过它们之间发生的音韵关系和字义演变，我感受到了方块字不可穷尽的魅力。我尤其痴迷自己诗歌创作的过程，那真像神灵附体，思想和意识全不能自已，我只是一个机械的搬运工，按照神灵的指引将一个一个的方块字组合在一起，其间什么思想性、技术性都与我无关。我只是拥有和享受着这样的过程，而不去管这个过程将要产生的结果。有时候，我甚至走火入魔地幻想着，我其实又像一个唤魂的巫师，当众多的方块字拥挤地堆在时间深处，是我灵魂的一声声呼唤，唤醒了那些有缘的方块字，并把它们编码，集合在一张白纸上。结果是什么呢？一个一个的方块字亲密地组合在一张白纸上，一首诗诞生了。

一首诗的诞生，其实就是一个有着诗性敏感的人将他的灵魂密码与诗神的灵魂密码对接，所接纳和感受到的诗神的暗示。换句话说，乃是诗人借助方块字的工具在自然、人类和社会构成的复杂关系中挖掘到的不为人知的个体经验的真实和人类经验的本质。这也应合了我的"诗歌接收器"理论，我认为，一个优秀的诗人就像一部品质优良的收音机——诗歌接收器，当他的灵魂对准了诗歌频道，他就会接收到真正的诗歌。但作为一部诗歌接收器，其内里的构造至关重要。吸纳传统、拓展创新、扎根现实、放眼全局，都是不可或缺的零件；人格素养、意识境界、思想品质、道德情怀，都是非常重要的装备。只有一部品质优良的诗歌接收器，才可以收听并传达出世间万物的灵魂密码。

一个诗人和文字的关系，构成了鲜明的时代特征。客观上，我运用方块字做工具，抒写了自己所处时代的各种关系和秘密。但另一方面，也可以说是一个一个方块字，把我当作工具，发出了它们自己的声音，显现了它们自己的原形。时间在消逝和沉溺，光线变成灰烬，白天转为黑夜，其实都是时间之灰在消弭。但文字永生，一代又一代的诗人钻到时

161

间的海底，掘取那些熠熠闪光有着温度和湿润度的方块字，它们构成了诗歌的血肉之躯。

诗歌与时代的关系，实质上就是题材和角度的关系。我的诗歌题材主要是人，人对自然的反应和感受，人的身体和灵魂，这些都让一个一个方块字带着生命的气息。我的角度则主要是一些低处的、细微的事物，它们与我的生活场景密不可分，与我的生活态度关系密切，像一个一个待在时间深处的方块字。我的诗歌写作，其实就是把这一个一个的方块字上的灰尘揩干净，让它们复原本生的面目和光辉。

方块字尤其讲究独立性，它不喜欢被比喻，因为比喻具有遮蔽性，一个方块字可能遮盖另一个方块字，而相互损伤各自独具的品质和魅力。它也不喜欢象征，那样会借助其他的方块字来表达它自己，而失去它自身存在的价值。任何汉语文学作品，究其实质，乃是方块字以其自身的秉性通过关注社会、关照人生、关怀生命，而达到认识和表现事物和人性本质的目的。但方块字并不是说教，它需要一种机智，要靠智慧和激情去击中事物的机趣，从中获得一种大智慧。那些事物本质的、深赋哲学意味的所谓"道理"，必须要"道"于自然，"道"出真相，别人才会去"理"会和"理"解。通过机智，让"道"和"理"之间彼此沟通和信任，以达到认识和传达事物本质的目的。

诗歌，最终是诗人认识和反映世界的精神产品。这种独特的私人制造的文字编码与灵魂密码，仅只是一己私人之物。

它能否传达和感染读者，引起读者的共鸣，关键要看诗歌是否运用了唯一准确的文字编码，是否传达出了唯一存在的灵魂密码，即是否写出了真理。

因此，我的这些诗篇，我的文字编码与灵魂密码，正以这种方式，通过这部诗集，等待着读者朋友的验证。这，既是一个诗人的期待与梦想，也是一个人的局限与宿命。

2015年3月1日于蛇宫
2016年8月30日改定